最弱ランク認定された俺、
実は史上最強の
神の生まれ変わりでした
お姉ちゃん属性な美少女との異世界勝ち組冒険ライフ
アリサ
天真爛漫な美少女冒険者。全体的に強気な印象だが、実際に性格は超強気。なぜかカナメには極めて甘い。
新《しん》堂《どう》要《かなめ》【カナメ・シンドウ】
とある人物に強制的に異世界転移させられた少年。過去を断片的にしか覚えていないが、実は……？

「私をしばらくの間、姉さんと思う
っていうのは……どうかな。
そしたら、ちゃんと
守ってあげる」

思ったより筋肉ある？」
ギュッと背後に回って抱きしめてくるアリサに抵抗しようとして……
しかし、思い留まってしまう。

月の光のみが僅かに届く闇の中で……
黒い少女は、その闇を統べるかのような
美しさを放っている。
レヴェル
生と死の双子神・ルヴェルレヴェルの片割れ。死を司る妹の方。

「私の名とこの死の権能において……
貴方を殺すわ」

「あ、なたは……。

逃げなさい……！

こんな所に居ては！」

ハイロジア
ラナン王国の王女。神より与えられし祝福と魔力こそが人の価値を決めると思っていたが……？

「矢作成《クレスタ》・風爆の矢《ダムウィンアロー》」

CONTENTS

最弱ランク認定された俺、実は史上最強の神の生まれ変わりでした

お姉ちゃん属性な美少女との異世界勝ち組冒険ライフ

天野ハザマ

角川スニーカー文庫

21537

口絵・本文イラスト／Kätzchen
口絵・本文デザイン／AFTERGLOW

プロローグ

ドゴン、と。魔力の爆発が巻き起こる。

爆発の回数は数回、そして連続。尋常ではない威力同士が衝突し、その爆発による嵐にも似た魔力風は、それだけでその場にいる人間の生存を予測させない。

事実、人間などその場にいるだけで消し飛ぶか、気絶した結果、次の爆発に巻き込まれるかしていただろう。

しかし、幸いな事に……と言っていいのかどうかは分からないが、この場にいる「人間」は1人だけだった。

黒髪黒目、まだ幼さを大分残し……しかしその顔に必死の形相を浮かべる少年は、歪《いびつ》な月にも似た黄金の弓を構え疾走していた。

「姉さん、姉さん……！　なんでだよ……！」

「今の貴方《あなた》に姉さんと呼ばれる筋合いはありませんよ、カナメ」

カナメと呼ばれた少年に答えるのは、若い女。ひらひらとした飾りの多い衣装に身を包んではいるが、そのスタイルの良さは隠しようもなく……しかし、顔に付けた赤い怒りの表情の仮面が美しさを覆い隠したとえようもない怪しさを醸し出してしまっている。

そして当然ながら、そんな仮面を被《かぶ》った姿を少年は見た事が無かった。

「さあ、いきますよカナメ……！」

仮面が輝き、女の手から波動が放たれ爆発が巻き起こる。

着弾地点に居た少年は、小さい悲鳴をあげながら爆発を魔力障壁を展開し防ぎ転がる。

「矢作成《クレスタ》・魔力爆撃の矢《マナボムズアロー》！」

そう、これが先程からの爆発の「衝突」の正体。少年が虚空から生み出し番《つが》えた矢は着弾すると同時に爆発を起こし、再び起こった魔力の波動の衝突によって爆発をもう一つの爆発で抑え込む。

乱暴な対抗手段ではあるが少年はこういうやり方しか知らないし、この程度の余波であれば防ぐと「姉」を信じていた。

「ヴィルデラルトを探さないと。アイツなら……！」

「僕なら此処《ここ》に居るよ、カナメ」

現れた紫の髪の青年に、少年は地獄で仏を見つけたかのような……そんな全幅の信頼を込めた表情で縋《すが》りつく。

「ヴィルデラルト！　姉さんが……」

「ああ、そうだねカナメ」

いつも通りの温和な表情を浮かべたまま、ヴィルデラルトは少年の額を突き……それと同時に、少年は自分の身体《からだ》から魔力が根こそぎ引き抜かれていくような感覚を味わう。

それは地球からこの世界に来た際に目覚めた力の喪失。手に持っていた弓の消失と共にそれを自覚した少年の前で……身体から抜けた魔力は消えた弓を思わせる意匠のペンダントとなって少年の首にかかる。

「ヴィルデラルト……アンタまで俺を裏切るのか……」

兄のように……自分を見下していた本当の兄などよりも余程信頼していた青年の裏切りに、少年は呆然《ぼうぜん》とした表情を浮かべて。その顔に、背後から伸びた手が白と黒の二色に分かれた仮面を被せる。

「反転せよ。仮面の神イルムルイの名の下に、全ては反転し逆走する」

「あ……っ」

少年の身体の中を、少年のものではない魔力が駆け巡る。

気力は萎え、勇気は脅《おび》えに変わり、後先考えぬ無謀さは過剰なまでの慎重さに。

身体すら2歳ほど若返ったかのように縮み、記憶の一部までもが消えていく。

「姉さん……俺、は……この二年間、本当に……」

「ええ、私も楽しかった。けれど、私は貴方の育て方を間違えました。荒ぶる戦神は今の地上には必要ない……そしてもう一度試したとして、きっと同じ結果になるでしょう」

少年を……新堂要《しんどうかなめ》を地球と呼ばれる世界より連れてきてから二年間。要に眠る前世の「弓の神レクスオール」としての力を教え導いてきたのは仮面の女、イルムルイだ。

地球で家族に恵まれず、死すら考えていた要を拾ってより二年間。

まるで本当の姉のように接してきたイルムルイの手が、優しく要の髪を撫《な》でる。

「だから、さようなら」

「捨てるのか、俺を……貴方が……！」

封印の影響で動けなくなった要の足元に、巨大な穴が開く。

「その記憶も消えるでしょう。私の事など忘れ、やり直しなさい」

「忘れるもんか……許さない、絶対にだ……！」

信じていた。心を預けていた。だからこそ、許せない。

深い親愛は激しい怒りへと反転し、その「理由」すら思い出せないままに要の中で燃え盛り……しかし、穴の中を落ちていく要の意識もまた反転する。

そうして落ちる要を見送るイルムルイの隣に、ヴィルデラルトが立つ。

「……無限回廊は正常に起動した。カナメは、今の彼に一番必要な誰かの下へと辿《たど》り着くはずだ」

それがどんな人物かは分かり切っている。家族に恵まれず、今また「姉」に捨てられた要が辿り着くのは……その穴を埋められる存在だろう。

つまり。要はきっと新しい家族を……「姉」か「兄」かは分からないが、無意識の内に求め、無限回廊がその誰かの下へと導くだろう事は間違いなかった。

「ヴィルデラルト。運命の神である貴方に問います」

「なんだい、改まって」

このままではダメだとイルムルイに進言した本人であるヴィルデラルトに、若干の恨みを込めながらイルムルイは問いかける。

「カナメは、今度こそ大丈夫だと思いますか？」

「ああ、きっと大丈夫だ。僕は、そう願っている」

何の役にも立たない奴《やつ》だ。そう心の中で罵りながら、イルムルイはすでに消えてしまった穴から視線を外し、地上世界の何処《どこ》かへと旅立った要に思いを馳《は》せる。

「カナメ……今度こそ、貴方が正しく幸せでありますよう」

姉として失敗した神は、此処《ここ》とは違う世界から連れてきた少年を想《おも》い、呟《つぶや》き願う。

遥《はる》かな昔。この世界の神々は、世界の完全なる破壊を望む破壊神ゼルフェクトとの戦いでそのほとんどが死に、異なる世界へと転生していった。

そして……長い時の果て、「かつての戦い」は人間の間で忘れ去られ歪《ゆが》み、都合の良い綺麗《きれい》な神話に書き換えられた。

故に、人間達は知らない。この世界に「別の姿」で戻ってきていた神々の絶望も。

今、神々の世界より落とされた……一人の少年の孤独も、彼に託された運命も。

この世界に生きる人間達だけが、それを知らない。

第一章　弓神の帰還

青々と草の茂る、のどかな道。

ラナン王国の端の方に位置する森の中。

整地されてはいないが通る者達の足によって平らに踏み固められた道を、一人の青髪の少女が歩いている。

紫がかった青色の髪の長さは、丁度肩の辺りまで。

パッチリとした目は青く、細い眉は強気な性格を示すかのように吊《つ》りあがっている。

着ている服は然程《さほど》特徴のあるものではなく、旅人であれば大抵が着ている厚手の頑丈な布の服だ。

そんな服の上からはこれまた特徴のない革鎧《かわよろい》を纏《まと》い、見るも鮮やかな赤いマントを羽織っている。

胸元には、銀の台座に赤い宝石があしらわれたペンダントが輝いている。

背中に背負っているのは旅の荷物の入った大きめの袋。

腰のベルトに提げた片手剣はお世辞にも高級なデザインとは言えないが、しっかりと使い込まれた事の分かる品である。

「あー……揉《も》めた揉めた。だから田舎は嫌なんだよねえ」

如何《いか》にも落ち込んだような……やる気の無さそうな事を言う少女は、ガックリと肩を落として……長い溜息《ためいき》をついた後に、その動きをピタリと止める。

傍《はた》から見ると変な人のようだが、これは少女なりの気分転換だ。

ネガティブな気分を地面に捨て、明るい気分で仕事に臨む為《ため》の儀式のようなものなのだ。

「大丈夫、大丈夫。きっと次の依頼主は払いをケチらない良い人。イチャモンもつけないし変な事も言わない。よし、いける。私いける！」

そのまま少女は数秒静止した後に深呼吸し、腕を振り上げ上半身をガバッと空へ向ける。

「よし、いっくぞおおお！」

気合満タンの顔を空へと向け……そこで、少女の表情は凍りつく。

「……え？」

よく晴れた雲一つない青空……の下。

具体的には少女の上空。何もなかったはずの空間に突如、一人の少年が出現したのだ。

逆さまに……具体的には頭から落ちてくる少年は、少女が避《よ》ければ地面に激突は必至。当たり所が悪ければそのまま死んでしまうことだってあるだろう。

そうなれば、こんな人通りの少ない道で謎の死体とこんにちは。取調べの兵士に「空から降ってきて勝手に死んだんです」と言っても聞いては貰《もら》えまい。

「むむ……ああっ、もう！」

少女は背中の荷物を下ろし剣をベルトごと投げ捨てると、足に意識を集中させる。

イメージは、軽やかに高く跳ぶウサギのような足。

あるいは大地から解き放たれ舞い上がる鳥の飛翔《ひしょう》。

体内を流れる不可思議を実現する力……「魔力」を足に集中させ、少女は叫ぶ。

「跳躍《ジャンプ》！」

その言葉と同時に、少女は跳ぶ。

鳥のように高く……とはいかないまでも、人が人として跳ぶ限界よりは少し高く。

道端の木の枝の中で目についた一番太いモノまで跳び、少女は再び叫ぶ。

「もういっちょ……跳躍《ジャンプ》！」

激しい跳躍に耐え切れず折れた木の枝には構わず、少女は落ちてくる少年をバッチリのタイミングで捕まえる。

「ひっ……」

「あ、こら！　暴れないの！」

恐怖からか自分に抱きついた少年は、伝わる胸の柔らかさで自分が抱きついているのが女性だと気付いたのか顔を赤らめるが、少女としてはそんな思春期に付き合っている心の余裕はない。少しでも魔力操作をミスれば、地面に叩《たた》き付けられた死体が二つになってしまうのだ。

なにしろ横抱きにした少年の身体はそれなりに重く、腕にずっしりと伝わる体重を感じつつも少女は跳躍《ジャンプ》の勢いのまま反対側の木の幹に両足をつける。

当然ながら人の足は木の幹にくっつくように出来ているわけは無く、少女は再び「跳躍《ジャンプ》!」と唱《とな》える。

木の幹を大きく揺らして跳んだ少女の行く先は地面で、空中で体勢を変えながら地面にズシンと音を立てて着地し……そのまま反動を殺しきれず、後ろ向きに転んで背中を思い切り強打する。

それでも少年を放さなかったのは流石《さすが》ではあったが、その身体がずしんと少女に圧《の》し掛かったため「う……くっ」と小さく声をあげた。一方の少年の方は恐怖と衝撃のせいか、気絶してしまったようだった。

「うう……えいっ」

少女は気絶した少年を地面に転がすと今の騒動の最中《さなか》に荷物が何処かの誰かに盗まれていないことを視線で確認し……安堵《あんど》の溜息をつく。

そして、その顔を見て一瞬ギョッとした表情を浮かべる。

「まさか……!?　いや、そんなわけない、よね」

空から落ちてきた少年は、飛行モンスターに攫《さら》われてきたというわけでもないようだ。

しかし、驚いたのはその顔……それは、随分前に死んだ弟と似ていたのだ。

しかしこうして落ち着いて眺めてみれば、髪の色が随分と違う。

姿も、記憶にあるマリクと比べれば随分成長しているように見えた。

「……別人、か。でも……」

似ている。まるで弟が帰ってきたかのようだと、そんな事を少女は思う。

見たところ怪我《けが》もしていないようだが……それにしても不思議な服装だ。何処のものかは分からないが、この辺りで見る類のものではないのは確かだろう。

胸元に輝く妙な形の月のペンダントは、なんらかのマジックアイテムにも思えるが……少女にそれを判定する手段はない。

となると、一体この弟にそっくりな少年は何者かという話になってしまうのだが……。

「髪は手入れされてるなあ。やっぱし貴族かな？　だとすると、何かの魔法の実験……かな？」

サラサラとした少年の黒髪を少女が撫《な》でていると、本当に自分の弟のような気がしてくる。

「実は本当にそうだったりして、ね」

そんな有り得ない事を夢想していると、少年が「ううっ」と呻《うめ》いて身体《からだ》を起こす。

あ、目も黒いんだと。そんな事を思いながら、少女はちょっとした悪戯《いたずら》心を出す。

「おはよう。あんまりお寝坊さんだと、姉さん怒るぞー？」

姉さん。その言葉に、少年の意識が瞬間的に覚醒し「姉さん」の首へと手を伸ばす。

「この……っ」

「おっと」

「ぐっ……！」

「いきなりご挨拶じゃない。どうしたっての？」

「煩《うるさ》い！　俺を裏切ったくせに！　俺を……！」

「裏切った……私が？」

少年を地面に押さえつけながら、少女は首を傾《かし》げる。

混乱しているのだろうか。まあ、空から落ちてきたんだから当然だろうと少女は思う。

なんでそんな目に遭ったのかは皆目分からないが、混乱する気持ちは理解できる。

「人違いじゃないかな、ほら」

少女は出来るだけ刺激しないように可能な限り優しい笑みを浮かべてみせる。

「……姉さんじゃ、ない？」

少年をじっと見つめる少女の瞳は、青。

肩まで伸ばした髪は、紫がかった美しい青。

「美しい」というよりは「可愛《かわい》らしい」に属するであろう少女は、控え目に言っても「美少女」だった。

そして、少女の服装。

分厚い布の服と、使い込まれた感のある革鎧。

冗談みたいに真っ赤な分厚いローブ……いや、マントも、少女にあつらえたかのようによく似合っていた。

「たぶん、ね。まあ……貴方《あなた》は私の弟によく似てるけど」

「あれ、でも。姉さんって、誰だ……？」

思い出せない。愛《いと》しくて憎いはずの姉の顔すら思い出せずに、少年は頭を抱える。

此処《ここ》は日本ではない。それは何故《なぜ》か知っている。いや、覚えている。

此処に落ちる前に日本ではない何処《どこ》かに居たような、そんな気がするのだ。

それが何時《いつ》なのか、何処なのか。此処ではない気がするが、そうではない気もする。

忘れている。しかし、何を忘れているかも思い出せずに混乱して。

「落ち着いて。はい、深呼吸」

少女に額を突かれて、少年はゆっくりと息を吸い込む。

少し湿ったような……濃い緑の香りのする空気を吸い込んでいるうちに、少年の思考に多少の余裕が生まれてくる。

緑の香り。まるで大自然の中にでもいるかのような、濃厚な香り。

「よし、吐いて」

少女の声に従い、少年はゆっくりと息を吐き出していく。

クールダウンする思考は少年に多少の落ち着きを与え、同時に少女が「自分の姉ではない」という確信も与えていた。

「……ごめん。俺、勘違いしてたみたいだ」

「うん、別にいいよ。それより貴方、何があったかは覚えてる？」

「……分からない。いや、なんか落ちたのは分かる、けど。俺は、どうして此処に？」

少年を襲うのは、何を忘れているのかも分からないという焦燥感。ふるふると首を横に振る少年を、少女は軽く抱きしめ背中を叩く。

「大丈夫。ほら、もう一度深呼吸。まずは落ち着くの。そうしないと、間違えちゃうから」

少女の言う通りに、少年はもう一度深呼吸して。緑の香りと、そこに混ざった少女の香りに少し心臓が跳ねるのに気付いた。

「……落ち着いた？」

「あ、ああ。ありがとう。なんかこう、迷惑かけてごめん」

「別にいいよ、って言ったでしょ？　気にしないの」

もう一度背中を叩いてくる少女。その優しい……あやすような触れ方に、少年は戸惑ってしまう。

会ったばかりの……しかも攻撃してきた他人相手に、どうしてこんな態度をとれるのか。ひょっとすると、底無しに優しい人なのだろうか……と少年は思う。

「……そんな事、言われてもな。感謝しないわけにもいかないよ」

「そう？」

「そうだよ。命助けて貰って、こんなに優しくして貰って。これでお礼も言わなかったら、俺は最低の人間になっちゃうよ」

「ふふ、そう？　じゃあ、たっぷり感謝して貰っちゃおうかな？　私の肩でも叩いてみる？」

「そんなの、どれだけ叩いたらいいのか分かんないな」

「お、じゃあ分割払いにしてみる？」

「あはは、何だよそれ」

ひとしきり笑い合うと、少年は少女を正面から見て……本当に綺麗《きれい》だ、と思う。

こんなに綺麗で、こんなに優しくて。こんな人が家族なら、きっと。

そこまで考えて、少年の中に「姉さん」への怒りが蘇《よみがえ》る。

グッグッと煮え滾《たぎ》るその感情から変化する表情を少女へは見せないように、少年は慌てて顔を手で隠しながら背ける。今の自分を見られたくないと、そう思ったのだ。

「本当にごめん。俺、もう行かなきゃ」

「え？　行くって何処へ」

「俺を裏切った姉さんに会いに行く。それと……」

やはり顔は思い出せないが、もう一人自分を裏切った奴《やつ》がいる気がする。

この記憶の欠落も、その誰かに関わっている気がして。絶対に会わなければならないと考えながら、少年はフラフラと立ち上がり歩いていく。

そうして、少年はもう一度振り返る。

「……助けてくれて、ありがとう。それじゃ」

そう言って歩いていく少年を、少女は止める事も出来ずに見送る。

「俺を裏切った、か」

となると、彼が空から落ちてきたのもその「姉さん」のせいなのだろうと少女は考える。

随分荒っぽい事をする姉だが……そんな事が出来るとなると、只者《ただもの》ではないだろう。

記憶の欠落もあったように見えたが、ショックによるものだろうか？

何処の誰かも分からない相手であれば放っておくのだが……先程の少年が弟によく似ていただけに、少女の中にはもやもやとした感情が湧き上がってくる。

「ていうか、武器も持ってなかったよね？　魔法士なら平気だろうけど……」

心配だな、と。そんな感情が湧き上がって。気付けば、少女は少年の歩き去った方向へと足を向けていた。

☆★☆

「此処、何処だろう……」

歩きながら、少年は自分の事を少しずつでも思い出そうとしていた。

確か、穴のような場所に落ちた……いや、落とされたのだ。

戻る為《ため》の場所も歩いていれば見つかるかと思ったのだが、分からない。

いや、本当に分からないのではなく思い出せないのではないだろうか？

不自然な記憶の空白の事を想《おも》いながら、少年は森の中を歩いていく。

「日本じゃない。確か俺は日本から何処かへ……」

それが何処だったかは思い出せない。大切な、けれど底知れない怒りを呼び起こす何かであるような気はする。

「異世界、そうか。此処は異世界、なんだよな」

呟《つぶや》きながら、歩く。何処へ行けばいいのか。それすらも分からないという事に気付いて、けれど「姉さんを許せない」という煮え滾る感情が少年を突き動かす。

「何処へ、行けば……」

こんな森の中で、何処へ向かえばいいのか。少しでもヒントを求めるように、少年は目を凝らして……森の中で、色の違う「何か」が動いたように感じた。

「……なんだ？」

瞬《まばた》きの間に、その「何か」は消えていて。しかし、その「何か」があっただろう方向からヴーンと響く音が聞こえ立ち止まる。電子音のような、あるいはホバリングのような音。あるいは電子レンジの音……というのが一番近いだろうか？

こんな場所では聞こえるはずのないそんな音に、少年は立ち止まり振り返って……そして、其処《そこ》に居たモノにギョッとする。

「な、なんだアレ」

そこに居たのは、人間の頭よりは少し大きいくらいの大きさの「何か」。

一言で言えば「妖精」という表現が一番近いだろうか。

半透明の四枚羽と、小さな子供のような体型。

されどその身体は青緑色に光るテラテラとしたものであり、顔には二つの複眼と奇妙な形の牙の生えた口。

無理矢理《むりやり》たとえるなら、虫が人間の子供の形をしていたらこうなるかもしれない……という感じだろうか？

「……ギャア」

「えっ」

「ギャアアアアアアアアアアアア！」

「う、うわっ……」

飛んでくる虫妖精に脅《おび》えた少年は、慌てて近くに落ちていた太めの木の枝を拾う。

こんなもので対抗できるかは分からない。けれど、やるしかない。

「この……！　こんなところで！」

　ギチギチと音を鳴らしながら向かってくる虫妖精を、少年は睨《にら》みつける。

　その瞬間、虫妖精が僅かに色付き……目の間、丁度顔の真ん中辺りの色が染め上げたような濃い色をしている事に気付く。

　それが何かは分からない。分からないが……直感的に「そこだ」と感じ取る。

　ズラリと不規則に並ぶ凶悪な牙。眼前へと迫る虫妖精が、少年へと喰《く》らいつこうとする刹那。少年は、虫妖精の目の間に棒を全力で振り下ろす。

「う、あああああああ！」

「ギイアアアア⁉」

　バキン、と。そんな音を立てて枝は折れ、しかし虫妖精は痛みに耐えかねたかのように少年からフラフラと離れて行って。その次の瞬間……横から飛んできたナイフが、虫妖精の頭部へと突き刺さり弾《はじ》き飛ばす。

　体液を撒《ま》き散らしながら虫妖精は近くの木に叩《たた》き付けられ、潰れた身体《からだ》を地面へと転がらせる。

　その死に様は虫そのもので、少年は何処となく非現実的にも思える光景から目を逸《そ》らす。

「大丈夫だった？　心配になって追ってきちゃったんだけど……正解だったみたいだね」

　そこに居たのは、先程の少女。ナイフを投げたのが彼女だと悟った少年は思わず少女と虫妖精の死骸を見比べる。

恐らくは凄《すさ》まじい力で放たれたのであろうナイフ。それは少女の実力の一端を示してい
「ヴーン？」

「ヴーンが単体で襲ってくるなんてね。余程手頃に見えたか、美味《おい》しそうに見えたか……」

「あ、ありがとう」

「うん。アレは大概集団で襲ってくるからね」

言いながら、少女はヴーンの死骸まで歩いていくとナイフを抜き体液を掃《はら》う。

「それにしても、ヴーンの弱点狙うなんて……流石《さすが》だね。知ってたの？」

「あ、いや。なんとなく分かったっていうか……見えたっていうか」

「ふーん？ ま、いいか。それより、提案があるんだけど」

「提案？」

ナイフをパチンと音をたてながら鞘《さや》へと仕舞《しま》う少女に、少年は怪訝《けげん》な視線を向ける。

一体何を言い出すつもりなのか。そんな僅かな警戒すら向ける少年に、少女は微笑《ほほえ》む。

「そんな警戒しなくていいよ。事情はさっきの会話で何となく察したから」

「察したって」

ほとんど何も話していないはずだ。あれから何が分かったというのか。

そんな事を思う少年に、少女は「充分、分かるよ」と話す。

「姉さんに裏切られたって言ってたよね。そしてたぶん、捨てられた。私には想像も出来ない魔法か何か、でね」

「魔法……」

あの「穴」は魔法なのだろうか。心当たりのあった少年はそう呟き、少女の言葉に納得するように頷《うなず》く。

「……そうだな。俺は、捨てられたんだと思う。その時に、たぶん記憶も……」

魔法。そんなものが存在するのであれば、全てに納得がいく。

「そして聞いた感じ、復讐《ふくしゅう》したいと思ってる。違う？」

「それは……」

どうだろう。自分は、復讐したいのだろうか？

残っているのは「許せない」という感情だけ。何故《なぜ》そうなのかも思い出せず、だからこそ「会いたい」と願っている。

「……分からない。でも、そうじゃないとは言い切れない。でも、会わなきゃいけない。俺に何があったのか、俺は知りたい」

「だとすると、たぶん長い旅になるよ。私の見た感じ、貴方《あなた》は何もない空から落ちてきたから。この近く……って事は無いんじゃないかな？」

おまけに記憶もないのでは、目的の人物を探し当てるのはいつになる事か。

「う……それは……何とかするよ」

「一人で？」

「……お金なら持ってないけど」

自分を雇えという話だろうかと、少年はそう思う。しかし……少女から出たのは、少年が思ってもいない言葉だった。

「私をしばらくの間、姉さんと思うっていうのは……どうかな。そしたら、ちゃんと守ってあげる」

「え……な、なんで？」

少し照れたように言う少女に、そんな疑問を少年は口にする。当然だ、そしてあまりにも突然すぎる。

何処《どこ》の誰かも知らない……命の危機を二度も救われはしたが、他人なのだ。

一体何故そんな提案を、と。そう思ってしまう。

「私にも、貴方にそっくりな弟が居てね。そんな男の子が姉を憎んでる姿ってのは……ちよっと見てられないんだ」

「だからって」

「どんな事情があるかは知らない。善悪についても判断するつもりはないよ。でも、『姉』を語る時にそんな苦しい顔はしてほしくないんだ」

だから、私が姉さんになってあげる、と。そう少女は語る。

「いや、でも」

「それに……一人でまたヴーンと会った時、戦える？」

「うっ……」

確かに、無理だ。武器一つもない状況で戦えるとは少年には思えなかった。

いや、武器があったとしても……戦えるだろうか？　それすらも怪しく思える。

「だから、ね？」

微笑みかけてくる少女に、少年は葛藤する。しかし、断る理由がない。

むしろ、頼まなければならない立場ですらあった。

「……姉さんだとは、思えない。でも、俺が一人じゃ無理なのは確かだと思う」

「うん」

「だから……勝手な言い草だとは思うけど、ついてきてほしい……です」

「んー……仲間ってことか。まあ、最初はそれでいいかな？」

「最初って」

「その内『姉さん』って呼ばせてあげるってこと」

「いや、それは……ちょっと」

戸惑う少年に、少女は手を差し出す。

「私はアリサ。家名の類はないから、ただのアリサ。よろしくね？」

「あ、ああ。俺は……要《かなめ》。新堂《しんどう》要……あ、違うか。カナメ・シンドウでいいのかな」

「カナメ・シンドゥーね。じゃあ……カナメ、でいいかな？」

「ああ、よろしくアリサさん」

「さん、はいらないよ。アリサ姉さん、とか……お姉ちゃん、でもいいよ」

「お姉ちゃんて……この年でそれはないよ」

「この年って、カナメは幾つなの？」

「確か16……だったかな」

「じゃあ私の方がお姉さんだ。18だもの」

自分の頭を撫《な》でてくるアリサに、要は何となくむず痒《がゆ》いような気持ちを覚える。

そして同時に、アリサの本当の弟に悪いような気すらしてくる。

「……あの、さ。アリサさんの」

「さん、は要らない。次言ったらぎゅってしちゃうぞ」

「……アリサの弟って、今はどうしてるんだ？」

「死んだよ」

アッサリと、アリサはそう語る。

「私が居ない時に村が襲われてね。皆死んじゃった」

「……犯人は」

「討伐は完了したらしいよ。それが本当に私の村を襲った奴《やつ》かは知らないけど」

海の水と盗賊は尽きる事なしってね、とアリサは自嘲するように笑う。

「ま、そんなわけで今の私はあて無し寄る辺無しの冒険者稼業……ってね。カナメには存分に付き合ってあげられるよ？」

ギュッと背後に回って抱きしめてくるアリサに、要は顔を真っ赤にして抵抗しようとして……しかし、思い留《とど》まってしまう。

姉、というものにはまだ抵抗を覚えてしまう。けれど、自分と弟を重ねているアリサを否定する気にはなれなかったのだ。

「んー……思ったより筋肉ある？」

「うわっ、もう！」

腹筋を確かめ始めたアリサを振り払うように離れると、アリサはクスクスと笑う。

「そんな怒らないでってば。色々確かめただけだから」

「色々って」

「筋肉の付き方でも色々分かるんだよ？　プロになると、その人の人生まで分かっちゃうんだから」

「え……じゃあ、まさか」

本当にそんなもので自分の事が分かってしまったのか。驚く要に、アリサは静かに頷く。

「うん……全然分かんなかった」

てへ、とでも言いそうな笑顔を浮かべるアリサに要は呆《あき》れたような目を向けて。しかし、アリサは素知らぬ顔だ。

「まあ、あんまり戦う筋肉ではなかった……かな？」

「……別にいいじゃないか。これから幾らでも鍛えられるし」

「そうだね。でもまあ……今すぐ、には間に合わないかな？」

そう呟くと、アリサは先程のナイフを投げてくる。

「う、わわっ⁉」

「まあ、高くはないけど安物でもないから。それ持ってて」

「え。も、持ってて……」

「いざというときは使えって事。さっきヴーンが来たでしょ？」

ヴーン……と言われて要は、すぐにさっきの虫妖精の事だと思い出す。

「さっきの虫妖精……だよな」

「妖精じゃなくて、モンスターの一種。モンスターについては説明必要？」

「えっと……人を襲う化け物って意味でいいのかな」

要がモンスターと聞いて思いつくのはゴブリンとかスライムとかだが、先程の虫妖精……ヴーンは相当に怖い見た目をしていた。

あれが人を襲うと言われても、何の疑問も無く納得できるだろう。

「大体あってる。そもそもモンスターっていうのはダンジョンに生息してる生き物なの。まあ、とりあえずヴーンに関して覚えておくべき事は一つかな」

そう言うと、アリサは腰の剣に手をかけカチャリと鳴らす。

要を守るような立ち位置と、辺りを探るような視線。

そんなアリサの様子に、要は緊張し思わず息を呑《の》む。何かがあるのかと自然と目にも力が籠って。先程見たのと同じような「色付いた何か」が木々の向こうで動いているのが、確かに見えた。

「まさか……」

「ヴーンの誘いは死の誘い。連中は臆病だから、一匹か二匹で行動するなんて事は基本的に有り得ない。もしそんな連中がこちらを引き寄せるような誘いをしてきた場合は、絶対に深追いしない事。何故なら……」

ヴーン……と。そんな振動音のような……あるいは虫の羽音のようなものが聞こえてくる。

それも一つではない。二つ、三つ……幾つかの音が重なるような、そんな不快な重奏。

同時に聞こえてくる、ギチギチと何かを噛《か》みあわせるような音。

気付けば、要達から少し離れた木々の間に二匹のヴーンの姿がある。

更にはそこから少し離れて、木々の中に隠れるように浮いているヴーンが一匹。

「深追いした先には、連中の狩場が待っている。連中は最低でも五匹で行動する……待ち構えたヴーンにきっつい不意打ち喰《く》らって死んだ奴は、一人や二人じゃないからね」

冗談のような軽い口調で言うと、アリサは剣を一気に引き抜く。

涼やかな音を立てて抜かれた剣は鈍く……しかしよく磨かれた鉄色の輝きを放つ。

「ギャアアアアアア！」

「ギャア、ギャアア！」

「ギャギャアアア！」

まるで悲鳴か何かのような絶叫を響かせて飛来する一匹のヴーンと、更にそれに遅れて飛来する二匹のヴーン。

その悲鳴のような声と大きな羽音はビリビリという振動のようなものを要に伝え、「殺される」という恐怖に似た感情を呼び起こす。

だがそれは手の中のナイフの存在を強く意識させ、「戦わなきゃ」という感情をも呼び起こす。

要はナイフを引き抜こうとしながら……しかし「戦わなきゃ」という感情と裏腹に震える手はナイフをカチャカチャと鳴らすばかりで一向に鞘《さや》から引き抜くことが出来ない。

「う、うわわ……」

おかしい、と要は思う。

こんなに引き抜こうとしているのに、ナイフが全く鞘から抜けないのだ。

何が、何が悪いのか。

安全装置。いや、そんなものがナイフにあるものか。

何か、何か抜けない原因が。

迫る先頭のヴーンの顔面が、煌《きらめ》く銀光と共に斜めに断ち切られて。

「落ち着いて、カナメ。さっきと同じだから」

緑色の体液を溢《あふ》れさせながら転がる仲間の死に憤るように、残りのヴーン二匹が迫る。

「ギャアアアア！」

「ギャ、ギャアア！」

どんどん強く大きくなる不快な声と羽音は他を掻《か》き消すほどに五月蝿《うるさ》く……しかし、その中でもアリサの声は更に強く響く。

まるで他の全ての音がアリサの声の前に跪《ひざまず》くかのように、しっかりと。

それは勿論《もちろん》錯覚に過ぎないが……それでも、要の震えを僅かに止めた。

「私がいる。だから、怖くない」

煌く「斬」の二連撃。それは二匹のヴーンを切り裂き地面へと叩《たた》き落とし、まだ動いていた片方をアリサの足が蹴り飛ばす。

「ギャアアアア！」

「アアアギャアア！」

その隙を狙っていたのか。

それとも、もっと仲間が時間を稼いだところで挟み撃ちにするつもりだったのか。

丁度反対側の木陰から襲い来るのは、二匹のヴーン。

一匹は高く、一匹は低く。

恐らくはそうすればアリサの剣から逃れられるという思考なのだろう。

「よく見て、カナメ。こいつらは突っ込んでくるだけ。それしか能が無いの。だから不必要に大きな音や声で威嚇する。だから」

高く突き出されたアリサの剣に、ヴーンが突き刺さる。

不気味な串刺しのようになったそれをアリサは振り下ろし、すっぽ抜けたヴーンの死骸が低空から迫っていたヴーンに叩き付けられる。

「ギャアアアッ⁉」

仲間の死骸を叩き付けられたヴーンは地面に落ちて転がり、それでも何とか舞い上がる。

「こうなるってわけ。ほら、残り一匹はカナメがやる？　それとも、まだ怖い？」

怖いかと聞かれれば、「怖い」が答えになる。

手にあるのは、ナイフ一本。

もしあの鋭い牙の並んだ口に噛《か》み付かれたらと思うと、震えが止まらなくなる。

けれど。要の手を優しく押さえるアリサの手が、再び要の震えを僅かに止める。

「……大丈夫。怖くないよ。あんな奴は、怖くない。だから、落ち着いて」

要の背後に回ったアリサが、そっと要の肩に触れる。

耳にかかる吐息は熱くて、恐怖に冷え切った要の心に僅かな火を灯《とも》す。

「ナイフの使い方は、分かる？　大丈夫。ほら、しっかり手で握って」

アリサに導かれるままに要はナイフを抜いて……浮遊するヴーンに向けて、震える手で構える。

「……しっかり敵を見て。大丈夫、私が居る。私が守る。だから、絶対大丈夫」

要の手も足も震えて、心臓もバクバクと鳴っている。

殺すとか殺されるとかなんて、考えた事も無く生きてきた。

殺さなきゃ殺されるからって、そんな簡単に覚悟なんて決まらない。

でも、それでも。これ以上、アリサの前でカッコ悪いところを見せたくない。

泣きそうになりながら、それでも要は必死でナイフを構える。

「わあああああああああああああ！」

「ギャアアアアアアアアアアアアア！」

恐らく傍目《はため》に見れば相当にかっこ悪いであろう走り方で、要は走る。

ナイフを構えて、体液を散らしながら飛来するヴーンへと迫る。

青緑色に光るテラテラとした身体《からだ》は気味が悪いし、二つの複眼と奇妙な形の牙の生えた口のある顔は実に恐ろしげだ。

怖い、怖い。逃げたい。そんな感情を、要は必死で抑えつける。

睨《にら》む。睨みつける。殺してやると、そんな意思を込めて要はヴーンを睨みつけて。

そして、ハッキリと見えた。最初にヴーンと戦った時と同じように、目の間。染め抜いたような濃い色が、ハッキリと見える。

「あああああああああ！」

ナイフが、ヴーンの顔面に突き刺さる。

二つの複眼の間、人間でいえば眉間。突き刺さったナイフは浅く、しかし要はそのまま力を込めてナイフを「下」へと振り下ろす。

「ギャ……ッッ」

顔面を裂かれたヴーンの身体は勢いで地面へと叩きつけられ、そのまま何かが折れる音がして動かなくなる。人間でいえば「首が折れた」とでも表現するべきだろうが……虫のようなヴーンにその表現があっているのかは、要には分からない。

「おつかれさま、カナメ」

ヴーンの……この世界で初めて殺した「モンスター」の死骸を見下ろしながら荒い息を吐く要の頭を軽く撫《な》でながら、アリサはしっかりと後ろから抱きしめる。

「どう、気分は」

「……泣きそうだし、吐きそうだ」

「そ。なら才能ありそうね」

怖い、と思えるのは才能だ。

それを持たない者は、命をかける職業には徹底的に向いていない。

仲間に依存して気だけ大きくなるようでも、大成しない。

「この調子なら、いつかはカナメと一緒に戦えるかもしれないね？」

そう言って要の頭を多少強めに撫でてくるアリサに、要は力なく笑って答えるしかなかった。

☆★☆

「さて、と。行こうか、カナメ」

「……」

要は、黙ったままヴーンの死骸へと視線を移動させる。

見下ろすヴーンの死骸はピクリとも動かず、溢れた緑色の体液は地面に吸い込まれて濡《ぬ》れた跡を残すのみだ。

こんな大きさの生き物を殺したのは要の人生で初だが、どうにも実感が湧いてこない。

何やら頭の中でよく分からない感情のようなものが増殖し、意味ある言語に出来ないままに気持ち悪さを伴ってぐるぐると身体の中を駆け巡る。

手に握ったままのナイフはひたすら重く、空気がべったりと身体に纏《まと》わり付くような錯覚さえ感じられてくる。あるいはコレが「命を奪う」という感覚なのかもしれないが……自分が高揚しているのか落ち込んでいるのかすらもよく分からない。ただ、握ったナイフだけが妙に重くて。心臓の鼓動は破裂しそうな程に速まっている。

「カナメ」

背後のアリサにナイフを握った手を摑《つか》まれて、要はビクリと飛び上がりそうに驚く。

だが強い力で握られた腕は動かず、震える手で握ったナイフはそれでも手から離れない。

「救ったんだよ、カナメ」

アリサのゆっくりと言い聞かせるような言葉が要の耳に届き、彼女の手が要のナイフを握る手を包み込む。

そうして緩んだ手からナイフを奪い取ると、いつの間にか要が捨ててしまっていたらしい鞘にナイフをパチンと収める。

「モンスターっていうのは、全ての生き物の敵対者なの。神様の時代から人間の敵で、その時に負けた恨みを現在にまで持ち越してる復讐者《ふくしゅう》だ。放っておけば他の誰かが殺されていたかもしれない」

だから、カナメはその「他の誰か」を救ったんだよ……とアリサは囁《ささや》く。それは論点のすり替えに過ぎないが、そのすり替えられた理論は要の中にカチリと嵌《はま》って要の感情を整理していく。

これがこの世界の常識。自分は、正しい事をした。要にとってこの世界の代表者であるアリサにすがるように、要は自分を自分で最適化していく。

「殺す事を恐れるのは正しいよ、カナメ。でも、殺す事を躊躇《ためら》ってもいけない。殺されたら、全部終わりなんだからね？」

そう、そうだ。

殺さなければ殺されていたのは間違いない。

だから「正しい」とは言わないが、間違ってもいない。

「そう、だよな」

要は、アリサにそう頷《うなず》く。そうするしかなかった。それが正しい事だ。アリサに依存しながら、要は自分の中に新たな基準を形作る。

「まあ、どうしても迷いがでるなら……アルハザールにでも祈ってみればいいんじゃない？」

アルハザール。聞き覚えの無い言葉に、要は首を傾《かし》げる。

「アルハザール、って……？」

「戦いと勇気の神、アルハザール。簡単にいえば、『何かに立ち向かわないといけない時』に祈る神様かな？」

兵士とか私みたいな冒険者とかに大人気だよ、と語るアリサに要は相槌《あいづち》を打ってみせる。

随分と心配をかけてしまっているのに気付いて、要は苦笑し……ここでようやく、手の中にナイフが無い事に気付く。

「あ、あれ⁉　ナイフが……」

「危ないから回収したよ。そろそろ落ち着いたからいいかな？」

そう言うと、アリサは要の前へと回ってナイフを手渡してくる。

「まあ、カナメにナイフの才能があるかは微妙なとこかな。いまいち慣れてない感があからさまだったし……うーん、大きめの武器の方がいいかなあ。どうかなあ？」

「……そんなお金、持ってないけど」

「あはは、気にしないの！　そんなの、私が買ってあげるから！」

笑い飛ばすアリサに要はバシバシと肩を叩かれ、思わずよろけてしまう。

「そ、そういえば。この死骸は放っておいていいのか？」

「そういうの埋めるのを仕事にしてる奴《やつ》もいるから、勝手に仕事奪ったらダメ。行くよ？」

歩き出すアリサを要は慌てて追いかけ、その横に並ぶ。

歩幅は要の方が大きいのだが、行く先も分からない要は一歩遅れるような形でアリサに追従し……そこで、疑問に思っていたことを切り出す。

「あのさ」

「何？」

「アリサの仕事って……冒険者、なんだよな？」

冒険者、というと要の中ではファンタジーにつきものの職業ナンバー1といってもいいものである。

世界を駆け巡りモンスターを倒し、ダンジョンに潜って。そうやって成り上がっていくような、そんな華々しいイメージがある。

「そうねー。まあ、あんまし人様に自慢できる仕事でもないけど」

「え？」

「だって、そうでしょ。冒険者なんて、安定も安全も安心もない危険な仕事だし。安い報酬で危険な仕事受けて、酒飲んで博打《ばくち》打ってすっからかんになって仕方無しにまた安い仕事受けるようなロクデナシだらけよ？　冒険者おことわり、なんていう店が街にどれだけあると思う？　凄《すご》いからね、近づいただけで嫌な顔されるんだから」

……それは意外だが、なんとなく理解できない事も無い。

要は日雇いの仕事のようなものなのだ。固定給があるわけでもないし、冒険をしていれば定住も難しいだろう。

「で、でも。アリサは綺麗《きれい》だよな？」

「ふふ、ありがと。ゴロツキ一歩手前なんて言われたくないからね、苦労してるんだよ？」

そう答えると、アリサは「うーん」と唸《うな》って要のほうをちらっと見上げてくる。

「でもまあ、カナメもこれから冒険者になるんだし……街に着いたら、ちょっと教えてあげる」

「街……そっか。アリサはそこに向かってる途中だったんだ」

「まあね。ていうか依頼を断った帰りだったんだけど」

此処《ここ》って、その依頼主の所と街を繋《つな》ぐ道なんだよね、とアリサは要に教えてくれる。

「ふーん……なんで断ったんだ？」

要がそう聞くと、アリサは途端に嫌そうな顔になる。

「うっ……な、何か聞いちゃいけない事だったか？」

「……そういうわけじゃないけど。いわゆる『外れ依頼』でね？」

「外れ依頼？」

「うん。えーとね、そもそも冒険者ってのは『冒険者ギルド』から仕事を貰《もら》うの」

「あ、やっぱそういうのあるんだ」

「カナメの居た場所にもあったの？」

「いや、ないかなあ……」

あえて言うなら職業紹介所とかがそうだろうか。違う気もする。

「ふーん。で、冒険者ギルドから得られる仕事には二種類あるの」

それが「仲介依頼」と「自由依頼」の二種類だ。

仲介依頼は、冒険者ギルドが間に入る依頼。仲介料を死ぬほど取られるが、トラブルの際には冒険者ギルドが解決の手伝いをしてくれる。

自由依頼は冒険者ギルドの壁などに貼りだされている依頼で、仲介料は無いがトラブルなどは自分で解決する必要がある依頼だ。

場合によっては後者の方が自分で報酬交渉などを出来る分儲《もう》かるのだが、逆に「その方が安く済む」と考える渋い依頼主もいる為《ため》、冒険者の交渉の腕が試される依頼でもある。

「てことは……自由依頼だったんだ」

「そういうこと。報酬交渉を渋る上に、どうにも言ってる事がおかしくてね。これは『外れ』だと思って、受ける気にならないから断ってきたの」

「ふうん？」

「予想だけどアレ、たぶん何かヤバい依頼ね」

「ヤバいって……愛人になれ、とかそういう……」

アリサは美人だから、そういう事もあるかもしれない。

顔も知らない依頼主に要が憤ると、アリサは「何言ってんの、もう」と呆《あき》れたような顔になってしまう。

「男女の指定もないのに、男が来たらどうするのソレ」

「え、じゃあ女の子限定だったりしたら」

「あー、そういう事例あったかも。嫁探しの為に何処《どこ》かの村が依頼したってやつ」

「うわっ……」

「婿探しってのもあったかなあ。凄かったらしいよ？　年頃の女の子から中年の女までが血に飢えた獣みたいに飛び掛かって来たとかで、帰ってきた時にはボロボロの下着一枚だったとか」

振り返って「がおー」と獣っぽいポーズをするアリサに要はちょっと顔を赤くしつつも「怖いな」と目を背けて。

「そーら、食べちゃうぞー？　お前は私の旦那だー！」

がぶっ、と効果音付きで要の首筋を甘噛《あまが》みしてくるアリサから要は真っ赤な顔で飛びのき、アリサは悪戯《いたずら》っぽい顔で笑う。

「あはははは、カナメは生き残れそうにないね？」

「う……っ、からかわないでよ。俺だって、その時になったらちゃんと出来るよ」

「何出来るの？　子供？　姉さんは許さないぞー？」

「ぶっ⁉　こ、子供って！」

「そういう偽装依頼だしてくる連中は怖いぞー？　必死だからね。カナメは結構可愛《かわい》い顔してるから……」

ガブリだ！　と再び獣のポーズを取るアリサに、要は「アリサじゃなきゃ大丈夫だよ」とささやかな反撃を試みて。

「そんなに姉さんが好き？　困っちゃうなあ」

よしよしと撫《な》でられて、要はちょっと不満な……けれどちょっと嬉《うれ》しい、そんな複雑な感情になる。親愛の情を感じているからだろうか、不満なのに……不快ではなかった。

とにかく自分はそんな依頼は絶対に受けまいと心に決めながら、要はアリサの後をついて歩く。

なんだか……少しずつなのだが、アリサに離されている気がする。

「ア、アリサ。なんか少し速くないか？」

「そう？　普通のつもりなんだけど……」

言いながらアリサは振り返って「ん？」と声をあげる。

「そういえば、さっきは気付かなかったけど……カナメってば、なんで身体強化してないの？」

「身体強化？」

「うん」

立ち止まりアリサは頷くが、要としては首を傾げるしかない。

「身体強化って……いや、予想はつくけど。魔法か何か……だったりする？」

「そうだよ？」

「そ、そうかあ……」

そんなもの、使えるはずもない。しかしアリサの反応からすると使えるのが普通のようだと気付き、思わず要は顔をヒクつかせる。

「ステータス！」

「えっ⁉」

突然妙な単語を叫んだ要をアリサは思わず注視するが……要は注意深く空中を見回し、

「……コマンド？」と自信なさそうに呟《つぶや》いている。

一体何をしているのかアリサにはサッパリ分からないのだが、要なりに何かしらの理由があっての事らしいというのは、落胆したような要の様子で想像できた。

メニュー、コンフィグ、アドミストレータ……何やら色々と単語を並べ立てる要だが、アリサの知っている言葉は「メニュー」くらいのものだ。

ひょっとすると「連合」出身なのかもしれないな、などとアリサは思う。

何か変な言葉や風習があれば連合出身を疑うのが当然だが、それも確実にそうとは限らない。

それに……どんな田舎に住んでいたとしても、身体強化を知らないのは有り得ない。常識とか非常識とか以前の問題だし、空気の吸い方を聞くくらいに有り得ない話なのだ。

「ちょっとカナメ、いいかな」

ぜえぜえ、と疲れたように息を吐く要にアリサが自分のペンダントを示してみせると、要は面食らったような表情を見せた後に「あ、うん。似合ってると思う」と答える。

そしてそれが、アリサの想像を確定させ……思わず大きな溜息《ためいき》をつかせることになった。

「え？　え？　俺、何か変な事言ったか？」

「変な事しか言ってないっていうか……うーん」

どうしたものかとアリサは悩み、要の肩を叩《たた》く。

「あのね、カナメ。身体強化っていうのはね……誰でもある程度は無意識に使ってるものなの。いわば自動で発動する、最初の魔法ってこと」

分かりやすく言えば、目に見えない二つ目の筋肉のようなものだ。そして今の要はその誰でも持っている「二つ目の筋肉」がない状態なのだ。

「そ、そうなのか？　でもそれが発動してないってのはどういう事なんだろう」

違う世界の人間だからかな……などと呟く要を見ながら、アリサは説明を続ける。

「簡単に説明するけど、どんな人の中にも魔力は流れてる。でも魔法という形で外に出す方法を覚えない限りは、身体《からだ》の中で無駄に循環するだけなの。魔力も体力同様に成長するものだから……普通はカナメくらい大きくなるまで発動しなかったら、大変な事になるはずなんだよね」

しかし、そうはなっていない。これは不思議な事だった。

「有り得ないけど魔力自体がカナメの中に無いって可能性も……うん、違うか」

自分で否定すると、アリサは要の両頬《ほお》を挟み込むように手で触れる。

近づく顔に要は思わず緊張してしまうが、アリサがそれに気付きクスリと笑う。

「何、どうしたの？　姉さんが美人過ぎて緊張した？」

「う、うん」

「そっかそっか、大変結構。んー……」

服の上からアリサは要の上半身に触れていくが、その度に要はドキドキしてしまう。

アリサという女性には、それ程の魅力があったし……自分を弟扱いする彼女にある種の好意を抱いているのも、また事実だった。

けれど、もし自分が「弟」から外れてしまったら彼女はどうするのだろう。そう考えると、要にはそこから踏み出してみる勇気はない。

「あ、そういえば」

「ん？」

「さっき、ヴーンの弱点っぽいものが……見えたんだ」

深緑に染まった森の中で、そこだけ色違いだったかのような違和感。それを何と伝えたものかと要が迷っていると、アリサは「ふーん？」と相槌《あいづち》を打つ。

「カナメは目がいいのかな？」

「いや、そういうのとは違うっていうか」

「ふーん？　何だろうね。達人の感覚とは違うだろうし、魔法的な何かかな？」

そうしている間にも、アリサは「うん」と頷《うなず》いて要から離れてしまう。

「だとすると、魔力がまだ完全に目覚めてないんだ。５歳くらいで完全に目覚めるはずなんだけど……魔法的な感覚っぽいのが発動するなら、魔力自体はあるはずだしね」

「じゃあ、俺も魔力が完全に目覚めれば魔法を使えるってこと？」

「そういうこと。問題はどうやって目覚めさせるかだよね。こういうの、私は専門家じゃないからなあ……」

しばらく悩んだ様子を見せると、アリサは「ま、いっか」と気を取り直したように言い放つ。

「そのうち何とかなるでしょ」

「なるのかなあ」

「それは知らないけど……うん。ダメだったら、姉さんが慰めてあげる」

「ええ……」

そうして再びスタスタと歩き出すアリサの後を要は急ぎ足で追う。

けれど、身体強化を発動しているアリサの足に要が普通に走って追いつけるはずもなく。

しばらくして、足が疲労でガクガクになった要はアリサに肩を貸してもらう羽目になっていた。

「ご、ごめん……」

「別にいいよ。必要になったら目覚めるかなーって思っただけだから」

しかし、そうはならなかった。要の中で眠ったままの魔力は、ひょっとするとそう簡単に目覚めるものではないのかもしれないとアリサは思う。

（……まあ、それでもいつかは目覚めると思うけど）

要にも言ったが、恐らく要には魔力はある。けれど、魔力というものと全く縁が無かった環境に居た可能性もあるとアリサは考えていた。

何故《なぜ》なら、要はアリサの見せたペンダントに……アルハザールのペンダントに、全く反応しなかった。

どんなにとぼけていたとしても、何の反応も無い事だけは有り得ない。

アルハザールを知らず、アルハザールのペンダントも知らない。

（魔力がカナメくらいの年になっても目覚めない国、あるいは一族……そんなのは、私は知らない）

そんな秘境じみた場所が、本当に存在するのだろうか？

それは、一体どんな場所なのだろう。アリサはそんな事を考え、要に肩を貸しながら森の中の道を歩いていく。

そして、そんなアリサに頼り切りな自分を情けなく感じながらも……要は思い出せない「姉さん」の事を思い出していた。

やはり以前、地球を出る前と……此処《ここ》に来るまでの間に何処かに居た気がするのだ。しかし、それが何処かはやはり思い出せない。

怒りだけを残して消えた記憶は、思い出そうとすると心の奥からマグマのように煮え滾《たぎ》るものが溢《あふ》れてきそうになって。しかし、感じるアリサの感触がそれを冷まし心の奥へと封じ込めてくれる。

……だから、思うのだ。やはりアリサを姉とは思えない。

要の中で「姉」とは怒りと共に思い出す存在で、愛《いと》しい対象ではなくなってしまっている。そんなものにアリサを分類したくはなかった。けれど、それを言い出せばアリサは居なくなってしまうのではないかと、そういう風にも考えてしまう。

「……アリサ」

「なぁに、カナメ？」

「俺、アリサと離れたくない」

「ふふ、何それ。甘えん坊だねえ」

笑うアリサの服を、要はギュッと摑《つか》む。

きっと、これはアリサの望む姉弟《きようだい》愛ではないと。要はそう気付いている。

……けれど。確かな温かさに今、触れていた。

そして、二人は気付かない。いや、世界中の誰もが気付いていない。

「……そう、帰ってきたのねレクスオール」

要達から離れた場所。今向かっている街の外壁に腰掛ける、あまりにも強大な魔力を秘めた「その少女」の事に、気付かない。

「なら、殺すわ。この世界に……貴方《あなた》は要らないもの」

第二章　最初の街

「あれが……」

「そ、あれがこの近くでは二番目くらいに大きいレシェドの街。結構凄《すご》いでしょ？」

森を抜けた場所で、要《かなめ》とアリサはレシェドの街を眺めていた。

街道の先にある、大きな石壁と門。その壮大な光景に、要は思わず「うわあ……」と漏らし、ワクワクする声を抑えきれないでいた。

「ふふふ、嬉しそうだねカナメ」

「そりゃそうだよ！　凄いなあ……！」

目をキラキラとさせる要に、アリサは「そんなに凄い物でもないんだけどなあ」と苦笑する。

「え、でも見てよアリサ。あれって兵士だろ⁉」

門のところに立っている鎧兜《よろいかぶと》姿の男達を見つけてははしゃぐ要に、アリサは苦笑しながら「指差さないの」と指をぺしっと叩く。

「このくらいで驚いてたら、王都に行ったら……カナメってば、驚きすぎて死んじゃうよ？」

「うっ……でも本当に凄いし」

「はいはい。後で幾らでも姉さんが感想聞いてあげるから、あんまりはしゃがないようにね？」

アリサが言いながら要の頭を撫《な》でると、要は気恥ずかしそうにしていたが……やがて「あっ」と声をあげる。

「身分証とかいるのかな？　俺持ってないぞ!?」

元の世界の学生証なんか役に立たないだろうし、そもそも失《な》くした鞄《かばん》に入っていたからソレすら無い。

「なんで身分証？」

「いや、ほら。こういうのって『身分証見せろ。ないなら保証金払え』ってのがお約束かなーって」

所謂《いわゆる》異世界のお約束であるが、更に定番で言えば冒険者ギルドを案内されたりして冒険者カードとかを発行してもらったりというのも「お約束」である。

……が、アリサは困ったような様子で要を見るばかりだ。

「んー……カナメ、一般庶民の身分を証明する必要がどこにあるの？」

「え？　ほら、犯罪歴がないか確かめたり何かあった時の為《ため》にー、とか」

「犯罪歴がありますなんて分かる身分証を何処《どこ》の誰が持ち歩くのよ。身分証なんてものが必要なのは、証明する必要のある場所に入る人だけだよ？」

言われて要は「ぐう」と唸《うな》ってしまう。

まあ、確かに身分証とはそういうものだ。だが、なんかロマンが足りない気がしてしまうのだ。

「まあまあ、そう落ち込まないの。そうだなあ……カナメが将来超有名になって、偽者がたくさん出るとかしてさ？　本物ですって証明が必要になったって時とかは、国が発行してくれるかも？」

だから元気出して、とアリサは慰めてくれるが、要からしてみればあまり慰めにはならない。

「つまり、そのくらいじゃないと証明書は発行されないってことか……」

中々世知辛い現実が見えてしまったが……それなら、と新たな疑問が湧いてくる。

「なら、あの兵士の人達は何してるんだ？」

「正確には兵士じゃなくて自警団ね。何してるってそりゃ、無条件に誰でも通していいってわけじゃないでしょ？」

明らかに盗賊団です、って連中とかモンスターとかね……とアリサが答え、要はそれもそうかと納得する。

そういうあからさまな連中以外は通ってしまうということだが、まあ仕方がないのだろう。

一々確かめて尋問していては何日かかっても終わらないのは間違いない。

「ふーん……いや、そう聞くと納得だけど……何か夢がないなあ」

「夢より現実だよ、カナメ」

「そうだろうけどさ」

「カナメはそもそも、そんなの気にしてる場合じゃないでしょ？」

「へ？」

思わぬアリサの言葉に、要はそう聞き返してしまう。

「だって、カナメのその格好。この辺じゃ見ない感じだし。あと名前聞かれても姓は名乗ったらダメだからね？　貴族だと思われたら面倒よ？」

「う……他に何か気をつけることはあるかな」

「余計な事言わなきゃ大丈夫」

「……何が余計か分からないんだけど」

「分かんなかったら誤魔化《ごまか》す。服については旅商人から買ったとか言えばいいから」

「分かった」

アリサは「よし」と頷《うなず》くと、カナメを促し街の門へと歩いていく。

近づいてきた要達に……正確には要に自警団員達は少し奇異な視線を向け、その横を通ろうとした時に「ちょっと待った」と声をかける。

「はい。何か？」

笑顔でアリサが対応すると自警団員は「む」と照れたように唸った後、カナメに視線を向ける。

「いや、お嬢ちゃんには問題は無いんだ」

「そうですか？　なら通っても？」

少し過剰なくらいに笑みを浮かべるアリサから、自警団員は露骨に目を逸《そ》らし「あー……いや」と口ごもる。これは彼が女慣れしていないというだけではなく、アリサが滅多《めった》に見ない程の美少女であったのも理由だ。それでも、自警団員は何とか気合で……しかしアリサを見られずに要へと視線を向ける。

視線を向けられた要は一瞬怯《ひる》むが、すぐに背筋を伸ばしその視線を見返す。

こういうのは堂々としないから怪しまれる。そんな言葉を思い出したからだ。

「俺が何か？」

「何かっつーか……お嬢ちゃん、この妙な格好なのは君の連れかい？」

「ええ、服については旅商人から買ったみたいで。連合風の服なんかやめとけって言ったんですけどね」

アハハ、と笑うアリサに自警団員もつられたように笑みを返す。

「なるほどな、連合風か。確かにどうかとは思うが……なんだかんだで愛好家もいるからなあ」

実のところ「連合風」というのは実に都合の良い言い訳だ。

それが分かっていても、問い詰める程ではない。となると、自然に「あまり嫌われたくないな」という男の悲しい性《さが》が発動してしまうのは無理もない。

再度笑い合うと、自警団員は「通って良し」と会話を締める。あまりサボっているように思われると勤務評価に響くから、この辺りが妥当なところだと思ったのだろうとアリサは思う。

「じゃ、行きましょ」

「あ、ああ」

軽く頭を下げて要は自警団員の横を通り……門を潜《くぐ》って進むと「ふう……」と思わず安《あん》堵《ど》の息を吐いてしまう。

「……死ぬかと思った」

「あはは、カナメってば。あのくらいじゃ死なないってば」

「それにしても、貴族じゃなくて珍妙扱いされたな」

「うーん。まあ、この辺じゃ見ない服だしね」

「そっか……でもさっきの連合風って言い訳は便利そうだよな」

「かもね。まあ、あんまり多用するものでもないけど」

まずはその辺りを学ばなきゃな、と思いながら要は周囲を見回して……その瞬間、にっこり笑う何者かと目が合ってしまう。

「うわあ⁉」

「お兄さん、宿をお探しですか！」

「え？　や、宿⁉」

「そう。宿です宿！　宿をお探しなら、銀の髭《ひげ》亭！　レシェドの街一番の居心地をお約束しますよ！」

「いやいや、緑の明星《みようじよう》亭が一番さ！　なにしろ食事がいい。この地方名物のロッコ豚を使った自慢の」

「どけどけ、よく見ろ。似合いの若夫婦さんだろう！　黒犬の尻尾《しっぽ》亭は誰にも煩わされない壁の厚さが——」

「跳躍《ジャンプ》」

囲まれそうになった瞬間にアリサは要を抱えて低めに跳び、そのまま離れた場所に着地して路地裏にさっと隠れる。

そして逃げた客を追うほど客引きも酔狂ではなく、次の客に向かっていき……その様子を見て、アリサはふうと溜息《ためいき》をつく。

「……この辺りは門の近くだから、ああいう客引きがいっぱいいるの」

「そ、そうなんだな」

「顔赤いね、カナメ……ああ、ははーん？」

その「理由」に気付いたアリサは、ニヤニヤとした笑みを浮かべ始める。

「それで、カナメは何処に泊まりたい？　黒犬の尻尾亭にでもする？」

からかうようにそんな事を言ってくるアリサに、要は少しムッとしてしまう。

黒犬の尻尾亭の店員に「似合いの若夫婦」と言われて照れている。それを理解した上でからかっているのが分かるから、なんとなく引けない気持ちになってしまったのだ。

「……じゃあ、黒犬の尻尾亭で。ついでに夫婦割引が利くか交渉しよう」

「いいね、カナメ。その案採用。早速行こうか」

「えっ」

「ほら、行くよ？　さっきの所戻らないと」

「あ、ちょっ！」

躊躇《ためら》いなく歩き始めるアリサの腕を、要は思わず摑《つか》む。

「何？　どしたの、カナメ」

「どしたの、じゃなくて！　冗談だって！」

「あはは、分かってるよ」

そう言って笑うアリサに要はホッとするが、次の言葉でその安心は搔《か》き消される。

「でも、実際良い案だと思う。半額とは言わないまでも、かなり節約できるかも」

「いやいやいや、だから待った！　やめて、俺が悪かったから！」

「えー？　カナメの意気地なし」

「やめてくれよ、それは凄《すご》い効く……」

からかうアリサに、要はへたり込むように壁に手をつく。

姉ぶっていながら、それを否定するような冗談もアリサは言う。

もし、これに本気で答えたらどうなるのか。

いや、分かる。きっとアリサは離れていってしまう。そう確信じみた気持ちを抱きながら、要は溜息をつく。

「とにかく、黒犬の尻尾亭以外……だよ」

「ホントにいいの？　今なら戻ってあげるよ？」

「あ、なら金のトサカ亭はいかがですか？」

そう言ってひょっこりと路地裏に顔を出した少女に……要は「うわっ」と奇声をあげて飛びのいた。

「あ、ごめんなさい脅かしちゃって！」

「い、いいよ。それより、金のトサカ亭？　君の働いてるお店？」

「はい！　私とお父さんでやってる小さなとこですけど、お食事もベッドもバッチリです！　しかもお安いです。お得ですよ！」

「……だってさ、アリサ」

「ふーん？」

少女の話を聞きながら、アリサは考える。いたいけな少女を客引きに使う悪質な宿はないわけではないが、少女の純真さは心からのものであるようにも見える。となると、その手の詐欺の可能性は低いだろうか？

「分かった。じゃあ、とりあえず案内して貰《もら》っていいかな？」

「はい！　ご案内しまーす！」

元気に答える少女について路地裏から出ると、少女は「此処《ここ》です！」と目の前に在った建物を指差す。

二階建ての石造りの建物。どうやらアリサが跳んできた場所にあった建物が丁度そうであったらしい。

入口には、たぶん金色のつもりなのだろう、黄色に塗ったニワトリの頭部にも似た絵の描かれた看板がかかっているのが見える。

「おとーさんっ、お客様だよー！」

「おうっ、よくやったアンジェ！」

少女に連れられるままに金のトサカ亭に入っていった二人を迎えたのは、ビリビリと響くような男の大声だった。

あまりの大声に思わず耳を塞いだアリサとクラクラして額を押さえた要だったが……その様子を見て、少女……アンジェが「もうっ」と頰《ほお》を膨らませる。

「お父さんってば、もうちょっと声抑えてって言ったでしょ？」

「ん？　お、おう。すまん」

「ごめんなさい、お客様。大丈夫ですか？」

アリサが「平気」と答えると、少女……アンジェは「よかった」と言って笑う。

三つ編みにした茶色の髪が可愛《かわい》らしいアンジェは笑顔も実に可愛らしく……その純真な輝きに、ちょっとスレているアリサは気圧《けお》されたようにそっと後ろに下がる。

年はアリサより下……たぶん要と同じ程度に見えるが、育つ環境が違うとこんなにも違うのだろうか、とアリサはそんな事を考えてしまうのだ。

特に意味は無い……そう、特に意味は無いがアリサがチラリと背後の要を振り返ると、照れたような笑顔をしているのが意味も無く気に入らない。そういえば弟も綺麗《きれい》な人を見るとすぐに鼻の下を伸ばしていたが、男は皆そうなのだろうかとアリサは不機嫌になる。

「こおら、カナメ！　デレデレしないの！」

「え？　し、してないって！」

「ホントかなあ？」

アリサに首を肩に乗せられ、要は「してない、してない！」と繰り返す。

「あ、えーと……ご夫婦でした？」

「んー、違うかな。そう見える？」

アンジェにアリサはそう答えて笑うと、石像のように固まった要をツンとつつく。

「で、えーと。そういえばこの宿の説明聞いてなかったけど、一部屋で幾ら？　部屋は鍵とカンヌキ、両方ある？　あとお風呂があると嬉《うれ》しいんだけど」

「お部屋は鍵もカンヌキもあります。万が一の時の為《ため》に宿側でも合鍵を保管してますが、他の誰かにお渡しすることはありません。お風呂はないので、申し訳ありませんが共同浴場のご利用をお願いします。あ、朝食はついてます。お値段ですが……一部屋で30銀貨でいかがですか？」

さらりと説明しきるアンジェに要は思わず「おおっ」という声をあげるが、アリサは難しい顔で顎に手を当てて考え込む。

何を悩んでいるのかと要は少し疑問に思うが、すぐに値段の事だと気付く。

貨幣価値については分からないままだが、そんなに高いのだろうかと考える。

ならば、この辺りで一つ役に立ってみようかと。要はそんな事を考える。

「アリサ。悩んでるなら、他の宿屋も覗いてみる？」

「ん？　そうだね、それもいいかな」

同業他店との比較。それは日本に生きる人間なら当然の手法だ。実際、あれだけ宿があれば値段の点でも納得いくものがあるはずだし、海外では値切りが基本だと聞いたこともある。ならば、あまりあくどい手法でもないはずだが……慣れない値切り交渉に、要の良心がギリギリと痛む。

　しかしアリサからしてみれば、どう値切りを切り出すかと考えていたところだったので丁度良いアシストであったりする。

「そーだなー。いっその事、20銀貨だったら即決めるんだけどなあ」

「流石《さすが》に無理ですよ。でも、そうですね……28なら……まあ……」

「24で」

「駄目です。26で。これ以上はまけられません」

　アンジェの譲歩に、アリサが「じゃあ、26で」と答えて金貨を1枚アンジェの手の平に乗せる。

「王国金貨ですか。なら74銀貨のお返しになりますね。王国銀貨でいいですよね？」

「統一銀貨でもいいよ？」

「あはは、ご冗談を！」

　要には今のやり取りのどの辺りが面白かったのか分からなかったのだが……とりあえず曖昧な笑みを浮かべて誤魔化してみせる。

　しばらくするとアンジェが袋を持ってきてアリサに渡し……アリサはすぐにその袋の中身を机の上にザラザラと出してしまう。

「えーと……はい、74銀貨。王国銀貨で確かに」

「な、なあアリサ。それって失礼じゃないの？」

「あはは、悪い宿屋だと此処で誤魔化しますからね。あんまり大きい声じゃ言えませんけど、連合銀貨の中でも特にアレなのを混ぜる宿屋もあって……」

やはり要には話のポイントがイマイチ分からないが、アリサがやっているのが「普通」であることだけはなんとか理解できた。

まあ、会計の時にお釣りを数えているようなものだから、普通の光景ではあるのだろうか。

「じゃあ、鍵をお渡ししますね。二階の一番奥の部屋をご利用ください」

そう言ってアンジェは奥のカウンターでずっとニコニコしながら見ていた父親の投げてきた鍵をキャッチし、アリサに手渡す。

「ごゆっくりどうぞ。共同浴場は中心街に近いところにありますので」

「……ん。じゃカナメ、いこっか」

「え？　ああ」

「まさか、カナメから値切り交渉に入るなんてね。やるじゃない」

「いや、でもなんかこう。俺には難しそうだなって思ったよ……」

たぶん俺一人じゃ上手《うま》くいかなかったよ、と自嘲するカナメの背中をアリサは優しく叩《たた》く。

「だから私がいるんでしょ？　これからも期待してるよ、カナメ」

「はは……頑張るよ」

何か重要な見落としがあるような気がしたが、要はアリサに続けて奥の階段を上がり……二階の一番奥の部屋の前に辿《たど》り着いた所で、「いや、ちょっと待ってくれ」と声をあげる。

「ん、何？　もう料金払ったからキャンセルとかしたくないんだけど」

「いや、そうじゃなくて……一部屋？」

「そうだよ？」

何を言ってるんだと言いたげなアリサに、要は「いやいや」と手をパタパタと振る。

「それって一緒の部屋ってことだろ？」

「うん」

「……問題あるんじゃないか？」

「どこに？」

さっき黒犬の尻尾亭の事でからかったんだから分からないはずないじゃないか。

要としてはそう言いたいのだが、終わった話を蒸し返すのも男らしくない気がして、要は少し考え「男女が一緒の部屋ってのはどうかと思う」と口にする。

「なに、照れてるの？　カナメったら」

くふふ、と笑うアリサに要は「そりゃ……」と誤魔化しながら視線を逸《そ》らす。

「ほら、入るよ」

アリサはそう言って鍵の開いた扉をガチャリと開き……部屋の両隅に一人用のベッドがそれぞれ鎮座しているのを見て……自分でも意識しないうちに、クスリと笑う。

もし一緒のベッドだったら、どんな反応をしたかなと、そんな事を考えてしまったのだ。

それは本当に「弟」と考えているのであれば気にしなかったであろう事。けれど要に意識的に弟を重ね合わせている今のアリサの意識からは弾《はじ》かれてしまう事。だからこそ、アリサの中で今の無意識の思考と行動は「後回し」のタグをつけて意識の底に放り込まれてしまう。

「どうしたんだ？」

部屋の前で立ち止まっているアリサに要は問いかけるが、アリサは少しの沈黙の後にいつも通りの表情で振り返る。

「なんでもない。入ろっか」

「そうだな……あ、ちゃんとベッドは二つなんだな」

「あ、ひょっとして残念だった？　姉さんと一つのベッドがいいです、って言いに行く？」

「行かなくていいよ……」

振り返ってからかうアリサの背中を押しながら要も部屋に入ると、アリサは要に「ドア閉めて」と言ってマントをベッドに投げ、荷物袋を開けて中身をポイポイと投げるように取り出し始める。

「あ、カンヌキもね」

「カンヌキって……あ、これか」

部屋の隅に置いてあった板らしきものをゴトリとドアと壁についている金具に通すと、成る程、押そうが引こうがビクともしない。しないが……思ったのと何か違うと要は少し微妙な気分になる。

「いや、頑丈なのかもしれないけどさ。もうちょっとハイテクなカンヌキがあるんじゃ……」

「旅人向けの宿なんて、大体そうだよ。見た目で頑丈そうなのを皆好むからね」

どれだけ他人を信用していないんだろうという話にも聞こえるが、そればかりというわけでもない。

旅人というものは言葉通り旅をする人であり、その道中は安全の確約されたものではない。

　野生動物、モンスター、盗賊、自然災害……旅人を脅かすものは両手では数え切れないが、その中でも一番多く一番警戒されているのが「物盗《ものと》り」である。

　寝ている間に荷物を根こそぎやられてしまったという話も多く、命まで奪われてしまう事も珍しくはない。故に、旅の間は満足に寝られないという旅人も多く……寝る事に恐怖さえ覚える者もいるという。だからこそ旅人は大抵が過剰なほどに分かりやすい「安全」を求めるし、宿屋もそれを理解しているので「安全」をアピールする。

　実際に一昔前は、安全をアピールする呼び込みでいっぱいであったものだ。

「へえ……で、何やってるんだ？」

「ん？　準備」

　アリサは床に散らばった荷物を幾つかの山に分けていた。細々とした物は多いが全体としての量は少ない。何かの小道具類、小さな鍋、要に渡したものと似たナイフ、服や下着。最後に見えた下着から目を逸らそうとしつつ、要はしゃがんで鍋をつつく。

「どしたの、欲しいの？」

「いや、欲しくはないけど。意外と荷物少ないんだなって」

　旅の荷物としては、あまりにもささやかすぎないだろうか。

そんな要の表情を察したか、アリサは軽く肩をすくめる。

「そりゃあ、大荷物抱えてたらいざという時に動けないし。必要最低限に絞るのは当然の知恵だよ？」

「でも、この鍋とか……これ一つで足りるのか？」

「足りるよ？　ま、その辺については後で教えてあげるよ。えーと、石鹸《せっけん》がいるかな」

「石鹸……そういえば風呂とかもあったんだよな」

要の呟《つぶや》きにアリサはきょとんとした顔をして要を見て、首を傾《かし》げてみせる。

「そりゃあるでしょ」

「まあ、そうなんだけど……なんていうかこう、風呂は貴族の家とかだけで、庶民はお湯で身体《からだ》を拭くだけとか……」

「何その貴族。庶民に串刺しにされるんじゃないの？」

アリサは「ぶすーっ」と冗談めかして言いながら要の額を指で突く。

確かにお風呂はお金のかかる設備ではあるが、なにも貴族だけの特権ではない。

街には必ず共同浴場があり、少しの銅貨を払えば誰でも利用できるようになっている。

石鹸も旅の必需品であり、安いわけではないが持たない者は居ない。

「ルヴェルレヴェルの神官がその辺厳しいからね。新しい街で最初に出来る施設はお風呂

「だって言われるくらいだよ？」

「ルヴェルレヴェル？」

「生と死の双子神。獣の如《ごと》き生活を許す者はルヴェルレヴェルの怒りに触れてどうのこうのっていう風に教えててね。平たく言えば一般庶民が可能な限り清潔さを保ったり、上流階級な皆様方が庶民がそう出来るように努力することが必要だってこと」

風呂や石鹸の普及もその一環であるのだが、まあそういう事情で風呂は庶民の権利として存在しているわけである。

「昨日は結局お風呂入れなかったし、今日はゆっくり入りたいけど……」

と、そこでアリサは要を見つめるようにじっと視線を向ける。

「な、なんだよ」

「やっぱりまずは、その服かな。どう考えても目立つし。さっきも目立ったしね」

「そりゃ、まあ……でも俺、お金持ってないし」

「何言ってんの。私が出すってば」

「いや、でも。そんなにアリサにばっかり出してもらうわけには」

「だぁめ。姉さんの言う事を聞きなさい」

「でも」

「でも、は無し！　これ以上グダグダ言うと……着せ替えちゃうぞ？」

「うっ⁉」

今のアリサには敵《かな》わないと分かっているだけに、要は思わず後退《あとずさ》る。

「そういうのがいいんなら、姉さん……悲しいけど、心をオウガにしてカナメの変な服を剝《は》いで普通の服を着せようと思う。何がいい？　スカート穿《は》く？」

「ま、待った！　それはマズい！」

「遠慮しなくていいよ？　カナメってば顔は結構可愛《かわい》いから、これからは妹って事でも」

「ムリムリムリ！　分かった、ありがとう！　大人しく服買ってもらうから！」

「うーん、まあ良し。それじゃ服を買いに行こっか。その格好をどうにかしないと浴場でも目をつけられるし」

ジリジリと要に近づいていたアリサはパッと笑顔になると、幾つかの小道具を入れた袋を持ってドアのカンヌキを外し始める。

「でも、目を付けられたとしても……俺、カツアゲされるようなものなんてないぞ」

カツアゲを想像する要へと振り返り、アリサは要の胸元のペンダントを指差す。

「ソレがあるじゃない。何処で手に入れたか知らないけど、マジックアイテムでしょ？」

「え」

言われて要は自分の胸元のペンダントの事を思い出す。

「そういえばこれ、何だろう……マジックアイテムって、何か凄《すご》いもの……なんだよな？」

「んー、モノによるかな。道具屋で鑑定して貰《もら》ってもいいけど、変な結果になっても嫌だし……失《な》くさないように持ってなよ？」

「……ああ」

（なんとなく、大事な物のような……気もする）

売る事は考えられない。物凄く大事な物であるような気がするし……自分の半身であるような、そんな気すらする。しかし、どう使えばいいのか。今の要には……分からない事があまりにも多すぎた。

☆★☆

金のトサカ亭を出ると、元気に呼び込みの声が響く門の近く……宿屋通りと言える場所に出るわけだが、呼び込みは要達に一切の興味を示してこない。

それが要には少し不思議であったのだが……「ほら、大荷物持ってないしね。何処《どこ》かに決めた後だって丸分かりでしょ？」というアリサの言葉に納得してしまう。

客にならない奴《やつ》を相手にしても時間の無駄なのだから、それは当然だ。

呼び込みで五月蠅《うるさ》い宿屋通りを抜けると、そこからは住宅らしき家々の間にぽつぽつと店舗らしきものがある場所に出る。

行き交う人々もお洒落《しやれ》な格好をした者達と明らかに一般人ではない格好をした者達の二つに分かれている。互いに互いが見えないかのように会話を楽しむ姿は少しばかり異様だが、恐らくは町の人間と冒険者の仲はさほど良いものでもないのだろうな……と要は予想する。

まあ、あそこまで空気が違えば仕方ないものもあるのだろうが、少しばかり幻想を砕かれたような気分になるのも確かだ。

「えーと……ああ、あった。あそこだね」

アリサはアリサで、そんな空気など全く気にしないかのように要の手を引いて進み、一つの店の前に歩いていく。

大きな木の看板には日本語ではない文字で何かが書かれていたが、当然要に読めるはずも無い。

「ここが服屋？」

「あ、ひょっとして読めない？」

「あ、ああ」

言葉は通じるのに文字が読めないというのも不思議なものだが、そもそも言葉が通じている事自体考えてみれば不思議だ。

これも何らかの魔法的なものかもしれないな……などと要が考えていると、アリサは看板に描かれている「円に刺さった十字」のようなマークを指差してみせる。

「だったら、とりあえずマークで覚えればいいよ。このマークが古道具屋」

「え、だって服……」

「大丈夫だよ、下着は新品しかないから。でも服なら清浄の魔法かかってるの買えば、中古でも綺麗《きれい》だよ？　あ、それともやっぱり新品の方がいい？」

カナメがそれがいいなら考えるけど、と言うアリサに、要は首を横に振って否定する。

「いや、そうじゃなくて……服は服飾店とか、古着なら古着屋じゃないのか？」

「古着屋……？」

言われて、アリサは首を傾げる。

「……なんで古着を専門で扱う必要があるの？　幅が狭すぎない？」

「え、そういう扱いなの？」

普通の感覚だと思ったのだが、アリサには分からなかったようで首を傾げられてしまう。

「古着を専門で……つまり、その古着自体に価値……着てた人とか？」

「あ、いや。そうじゃなくて」

「つまり、カナメはそういうのに価値を感じる……？」

「待って」

「カナメ……私のお古、着る？」

仕方ないなあ、と言いたげな笑顔で提案してくるアリサに「違うから、誤解だから」と要は必死で否定する。

「あはは、それじゃ入ろっか」

アリサに連れられて入っていくと、そこは色々な物が所狭しと並び……しかし整理整頓された美しさを持つ店内であった。

棚に飾られているのは恐らくは中古の剣や槍《やり》、盾。

木箱の中に畳まれて入っているのは服なのだろう。

鎧《よろい》らしきものも飾られていて、ガラスケースのようなものの中にはペンダントや指輪が並べられている。

「へえ、こうなってるんだ。なんか凄いな」

「楽しそうだね、カナメ」

「なんかこういうのって無条件でテンション上がるんだよな。ほら、あの鎧とか強そう」

「はいはい、鎧はいいから」

「あ、剣だ。これってアリサの持ってるものと、ぐうっ！」

「はーい、はしゃがない。姉さん、そろそろ怒るぞー？」

壁に飾ってあった剣に触ろうとする要を、アリサが腕で引き寄せてギリギリと締め上げる。

締め付けられる事でアリサの胸が要に当たってはいるのだが……力が強くてそれどころではない。

「ま、待ったアリサ！　痛い、結構痛いっ！」

「まったくもう。ちゃんと大人しくね？」

アリサは要を放すと、その頭をコツンと叩《たた》いて。

椅子に座っていた大男の店主は入ってくるなり騒ぎ始めた要達を見て、ぼうっとしていた顔を営業スマイルに変える。

「いらっしゃい。アーミット古道具店へようこそ。今日は新しい鎧かい？」

「こっちの彼の服が欲しくて。色々あって彼、ほとんど何も持ってないから一式欲しいの」

「あー……そりゃ災難だったな。安くしとくよ。そういう奴の為《ため》に下着類も常備してるぜ？」

「あはは、ありがと。彼センスゼロだから適当に見繕ってよ」

言われたい放題だし恐らく誤解されているというかアリサが誤解させているが、それも戦術というものなのだろうと要は曖昧な笑みを浮かべる。

そんな要を見て、店主は「ふーむ」と唸《うな》り、木箱の中から幾つかの服を持ってきて木の机に並べてみせる。

「男用で、冒険者。となるとマントと……厚手の布の旅人服。武器はそのナイフかい？とすると……えーと、ベルトはナイフ吊《つ》るせりゃいいだろうから安めのでいいか」

「あ、武器は……どうするかなあ。カナメ、何か好きな武器とかある？」

「え？　そ、そうだな……」

剣、槍、杖《つえ》、斧《おの》。色々な武器が並んでいて、要は目移りしそうだった。

やはり剣だろうか。ファンタジーといえば剣だ。

そんな事を考えながら要は壁にかけられた剣を眺め……しかし、ふと視界に入ったものに目を奪われる。

「あれ、は……」

店の隅に雑に立てかけられた弓に近づいていく要を見て、店主は「おいおい、弓かあ？」

と声をあげる。

「弓って。まさかレクスオールの祝福持ちなのか？　可哀想《かわいそう》に」

そんな事を言う店主に、要は「え？」と戸惑ったような返事を返してしまう。

弓を選んだだけでそんな可哀想な奴扱いされるとは想像していなかったからだが……アリサを見ると、やはり似たような表情を浮かべている。

「カナメ、ほんとに弓にするの？　もっと高いのでもいいんだよ？」

「え。あ、いや。これがいいかな……って思ったんだけど」

剣もいい、カッコいい。けれど、弓を見た後では色褪《いろあ》せてしか見えなかった。

確かにそんなに高そうな弓ではないが……それでも、カナメには素晴らしい武器に見えているのだ。

「……そう。なら、弓でもいいかな」

「おいおい、まさか本当にレクスオールの祝福持ちか？」

「んー。その辺はどうでもいいじゃない。違う？」

「いや、まあな？　そりゃそうだけどよ。遠距離攻撃なら弓なんかより杖の方がいいぜ？」

（……使えもしない杖なんか持たせられるわけないでしょうが）

心の中で悪態をつきながら、アリサは足で床をトントンと叩く。

そもそも、魔力に完全に目覚めていない状態で杖など持っても、ただの高価な鈍器にしかならない。そして要が弓に惹《ひ》かれているというのならば、本当に「レクスオールの祝福持ち」の可能性すらある。

だからといって、そんな事を正直に言えば面倒事になるのは必至だ。

魔力に目覚めていない、記憶喪失の……それもレクスオールの祝福持ちの少年。そんな噂《うわさ》を街中に流す気はアリサにはないが、目の前の店主が口の堅い人物であると信じる事などアリサにはできない。

かといってアリサとしても上手《うま》い言い訳が思いつくわけでもない。となると、今はごり押しが一番だ。

「それは後々ね。いいから弓と矢筒。ないの？」

「あるけどよ。そんなもん持ってたら冒険者としちゃあナメられるぜ？」

「モンスターをナメて死ぬ方が問題よ。違う？」

「……ま、そりゃそうか。おい、荷物袋はどうするんだ？」

「え？」

「え、じゃねえよ兄ちゃん。自分の財産預けるものだろうがよ」

突然声をかけられて戸惑う要にアリサは「あー」と割って入る。

「普通のでいいよ。彼、こだわりないし」

アリサは言いながら飾ってあった革鎧を確かめて「ふむう」と唸る。

そういえば、そろそろ新しい鎧を買ってもいいだろうか。そんな事を思ったのだ。

要も店主に何か聞かれても分からないのでアリサの近くに並んで革鎧を眺めてみる。

「そういえば、そっちの兄ちゃんも革鎧くらいつけたほうがいいんじゃねえか？」

「え、うーん。俺は鎧とかよく分からないし……」

（そもそも無一文でアリサにお金出して貰《もら》ってる身なんだよなあ……）

言いながら視線を逸《そ》らすと、隣に飾ってある金属鎧が目に入る。

ファンタジーな鎧といえばこれだと言わんばかりの重厚な輝きに目を奪われかけ、その隣に陳列されている「それ」にギョッとする。

「へ⁉ え、あれ……ビキニ鎧⁉」

そう、それは昔の漫画でしか見た事がない水着のような鎧……所謂《いわゆる》ビキニ鎧と呼ばれるタイプの鎧だった。実用性が皆無に見える鎧を見て、要はアリサがそれを着ているところをつい想像してしまう。

「ああ、そりゃ魔法鎧だな。物理障壁の魔法のかかったマジックアイテムでな、普通の鎧より余程いいんだが……そんなデザインだろ？」

要の視線に気付いた店主がそう説明しながら、アリサへと振り向く。

「どうだ、お嬢ちゃん。試着でもしてみるか？」

「ブッ飛ばすよ？」

顔を赤くして逃げようとする要を捕まえながら、アリサは店主を睨《にら》む。

「まったくもう、今の台詞《せりふ》分安くしてもらうからね？　ほら、うちのカナメが顔真っ赤にしちゃってるじゃない」

「おう、若いねえ。いい事だ」

「勘弁してよ……」

アリサに捕まっているせいで逃げられない要は思わずそう呟いてしまうが、何か目当てのものを見つけたらしいアリサの力が緩んだ瞬間にコソコソと腕の中から抜け出した。

☆★☆

「うん、似合ってるじゃない」

「そ、そうかな」

古道具屋で買った装備一式を身に着けた要は、照れたように頬《ほお》を掻《か》く。

旅用のマントを纏《まと》い、厚手の布の服の上には革鎧《かわよろい》、ベルトには矢筒とアリサから借りていたナイフを提げ、背中には弓を背負っている。

「それじゃ、兄ちゃんの着てた服はどうする。中々面白いデザインだし出来もいいから引き取ってもいいぜ？　服飾職人辺りが喜びそうだ」

「ん、どうするカナメ？」

「うん、それなら売るよ。おじさん、高値でお願いしますね？」

「ヘッ、こいつに清浄の魔法でもかかってりゃお望みどおりになったがね」

「お、言うじゃない。じゃあ早速値段交渉だけど」

交渉を始めてしまったアリサの横に立ちながら、要は自分が全く迷わなかったことに内心驚いていた。

あの制服は、要と元の世界との残された繋《つな》がりだ。普通ならずっと持っていそうなものだが……そうは思わなかった。むしろ、捨ててしまいたいとすら思っていた事に気付く。

（……嫌いだったのかもな、元の世界の事）

あまり思い出せない「元の世界」の記憶だが、不思議と思い出そうとも思わなかった。

ただ……「元の世界」に居た兄弟は「姉さん」ではなかったような……そんな気がしていた。

（それなら……「姉さん」って誰だ？）

「よし、じゃあその値段で！」

店主から代金を受け取ったアリサはそれを小さな袋に入れると、ぼうっと考え事をしている要に気付いて肩をトントンと叩《たた》く。

「え？　うおっ。ア、アリサ⁉」

「何ボーッとしてんの。ほら、これ」

「え？　な、何これ」

「カナメの服の代金」

それを聞いて、要は手を引っ込める。そんなもの、貰えるはずもない。

「い、いやいやいや。俺の着てるものの代金はアリサが払ってくれてるのに、受け取れるはずないよ」

「そんなつまらない事で恩売る気ないし。いいから受け取りなって。お金ないんでしょ？」

「ぐっ……」

確かにその通りであり、要は一文無しだ。しかしだからといって、アリサに恩を返さずにいていいのかと言われれば違う。違う、のだが……当のアリサに受け取り拒否されてはどうしようもない。しかし素直に受け取れもしない要の手に、アリサは小さく息を吐きながら袋を押し付ける。

「どうせ大した額でもないから。この後お金も使うから、持っときなよ」

「……分かった。ありがとう」

「お礼言われる事でもないんだよなあ……」

肩をすくめたアリサは、そのまま要の背中を軽く叩く。

「おし、それじゃ次行こうか！」

「まいどー」

そんな店主の声を背に、要とアリサは店を出る。どうしたものかと持て余す要に、アリサは要が背負った袋をつついてみせる。

「これに入れときなよ。目立つところに持ってるとスられるよ？」

「あ、やっぱりスリとかいるんだ」

「何処《どこ》にでもいるでしょ、スリなんて」

確かにそうかもしれないと要は慌ててお金の入った小袋を背の袋に入れ、辺りを警戒したように見回そう……として、アリサに顔を摑《つか》まれる。

「はい、キョロキョロしなーい。大金運んでるんじゃないんだから」

「ごめん」

「うん、よろしい」

要は気を取り直すように咳払《せきばら》いすると、隣のアリサへと視線を向ける。

「で、次は……えーと。お風呂屋さん、だっけ？」

「それもだけど。その前に神殿かな？」

「神殿？　何しに行くんだ？」

要が首を傾《かし》げると、アリサは要の鼻先に指を突き付ける。

「カナメの祝福と魔力を判定するの。それが分かってるのと分かってないのじゃ、大分違うから」

「魔力は分かってるけど……祝福？」

「んー……そうだねえ、行きながら説明しよっか」

クスクスと笑うアリサに申し訳ない気持ちになりながらも、要はアリサの後をついて歩き出す……が、その顔をアリサがつつく。

「はい、変な顔しないの。別に申し訳なくないから」

「えっ」

「顔に書いてあったよ？　申し訳ないって」

そこまで分かりやすかっただろうか、と要は自分の顔をさすってみるが、分かるはずもない。

「知らない事を知ってるフリされる方が、よっぽど困るから。私は、そうやって素直な方が好きだよ？　分かった？」

「……ああ」

「うん、よろしい。じゃあ説明始めよっか」

心が軽くなるのを感じながら、要はアリサに一つ頷く。

「祝福っていうのはね、生き物が生まれる時に神様から授かるものなの」

「神様……って、あのアルハザールとかルヴェルレヴェルみたいな」

「そう。その貰《もら》った祝福とその強さによって、その人に出来る事は色々変わってくるって言われてるの」

たとえば、戦いと勇気の神アルハザールの祝福を授かった者は剣の扱いが上手《うま》くなる。

この事から剣を扱う職業……つまりは騎士や兵士、冒険者などになる者が多い。

他にも有名どころとしては魔法の神ディオス。こちらは魔法の扱いが上手くなったりするし、生と死の双子神ルヴェルレヴェルの一人、兄である命の神ルヴェルの祝福を授かると病気になりにくい強い身体《からだ》になる……などの効果がある。

ほとんどの神の祝福は素晴らしいものだが、やはり冒険者に人気なのは最強の戦神と伝えられる「戦いと勇気の神アルハザール」「魔法の神ディオス」「蟲神《むしがみ》アトラス」といった神々になる。

「えっと……蟲神アトラスって？」

「巨大な神様だったって言われてる。この神様の祝福を受けると、力が強くなるらしいんだけど……」

そこまで言って、アリサは立ち止まり要へと振り向く。

「……あのナイフの扱い見る限り、アルハザールはないなあ。ディオスあたりから行ってみるかな……？」

「え。ひょっとして神様の数だけ神殿があるのか？」

「ああ、違う違う。このくらいの街だと基本的には合祀《ごうし》かな？　そうでないと、マイナーな神様の神殿がない街も出てきちゃうしね」

「マイナー……やっぱ、そういう神様もいるんだ」

「いるよ。そうだねえ、たとえば……んー……レクスオールとか」

「え」

レクスオール、と聞いて要は思わず変な声をあげてしまう。

「ど、どうしたの？」

「え、いや、なんだろう……」

レクスオール。先ほども聞いたその名前に、なんだか酷《ひど》く心を揺さぶられたのだ。

何処かで聞いたような。あるいは懐かしいような。

要の頭の中に、歪《いびつ》に欠けた月のような弓の姿がちらついて消える。

「えーと……それって、どんな神様？」

「狩猟の神様。狩人《かりゅうど》とかが崇《あが》めてるかな？　穏やかな神様だって話だけど」

弓の扱いが上手くなるっていう程度だけど、と言うアリサに要は疑問符を浮かべる。

「穏やか……？」

頭の中に、誰かの……恐らくは「姉さん」の記憶の欠片《かけら》が蘇《よみがえ》る。

レクスオールは……とんでもない荒神でしたから。カナメ、貴方《あなた》はそうならないでください。転生体だからといって、性格まであのようになることは……。

「カナメ？」

アリサに名前を呼ばれ、要はハッとする。

転生体。それは地球のファンタジーの類に慣れた要には理解できる言葉だった。

レクスオールの転生体。「姉さん」の言葉通りだとするならば、要にはその力が眠っているということ……なのかもしれない。けれど、アリサにはそんな事はとても話せない。

にする。

笑われるか、呆《あき》れられるか、否定されるか……どの結果も嫌で、要は少しだけごまかす事
「ひょっとすると俺、レクスオールの加護かも？」

「ん？　なんでまた」

「あ、いや。この弓がなんだか馴染《なじ》む気がするっていうか」

「ふーん？」

（何か言えない事を隠してる感じかな？　とはいえ、こっちに配慮してる感じもする。と
すると……「今は言えない」ってとこか。ちょっと悔しいな）

そうは思いつつも、アリサは頷き「えーと」と辺りを見回す。

「神殿なんか、普段行かないから分かんないな。どっかで道聞こっか」

そう言うとアリサは近くの屋台へと走っていき、店主に笑いかける。

「よう、お嬢ちゃん。どうだい？　ウチの串焼きは美味《うま》いぜ」

「お勧めはどれ？」

「そうだなあ。モロ鳥もいいけど、リベア牛もいいぜ。何しろ仕入れたばっかりだ」

「それじゃあ、それを……」

慌てて追いかけてきた要が息を切らして追いついたのを見ると、アリサは「二つで」と

答える。

「一つ50銅貨だから……二つで1銀貨だな」

一枚の銀貨をアリサから受け取ると、屋台の店主は慣れた手つきで串を仕上げ始める。

「ところでさー。この街の神殿って何処？　あと、其処《そこ》ってレクスオールの神官もいる？」

「ん？　なんだお嬢ちゃん。まさかレクスオールの祝福持ちなのか？　可哀想《かわいそう》に」

「違う違う、ほらコレ」

言いながらアリサがペンダントを示すと、屋台の店主は感心したような声をあげる。

「アルハザールの……中級《ミルズ》か！　ハハハ、レクスオールなんかと一緒にして悪かったなあ」

「中級《ミルズ》……もがっ」

要が何かを言う前にアリサは無言で口を塞ぎ、店主から串を受け取る。

「はい、カナメ」

「あ、うん……美味い」

「だろお？」

串にささった牛肉を齧《かじ》った要に、屋台の店主は嬉《うれ》しそうな声をあげる。

単純な塩焼きではあるが、物凄《ものすご》くジューシーで美味い。

「ウチは素材に拘《こだわ》ってるからな。何しろ」

「はいはい、ご馳走様《ちそうさま》」

さっさと串焼きを食べ終えたアリサは串を店主へと返し自慢話を中断させてしまう。

「それより、神殿の場所。何処？」

☆★☆

そして、アリサと要は店主に教えられた道を辿《たど》って「その場所」へと辿り着いていた。

「えっと……此処《ここ》？」

「そうみたいだねえ」

「なんか……凄く大きいんだけど」

言いながら、要とアリサは神殿を見上げる。

そう、その場所は見上げる程に大きかったのだ。立派な二階建ての石造りの神殿の中庭では何人かの男達が談笑したり、あるいは道具の手入れをしている者も居た。彼等《かれら》は要とアリサを見ると、ジロジロと値踏みするような視線を向けてくる。

「気にしないでいいからね、カナメ」

「ああ。なあ、彼等って」

「冒険者だよ。ん、これだけデカい神殿なら必要なものも手に入るし……丁度いいか」

さっさと進んでいってしまうアリサの後を、要も慌てたように追う。

なんだか二人を……というよりはアリサを好奇心に満ちた目で見ている冒険者達の横を通り、二人は開け放たれた扉から神殿の中へと入っていく。

騒がしい外と違って荘厳な雰囲気に満ちた神殿の中には人の姿は無く、石の壁の上方には壁画らしきものが描かれているのが要の視界に入った。

「うわ……すごいな……」

それは何か巨大な化物のようなものともう一体の巨大なカブトムシ人間のようなものが取っ組み合い、様々な人間が巨大カブトムシ人間ではない方の化物に武器を向けている絵だった。確か元の世界でも昔の教会とかにそういう類のものが描かれていると聞いたことはあったが、実際に見たことは無かった。

それとは違う文化であっても、何らかの神話を表したと思われる壁画に要は思わずそんな感想を漏らし、アリサが「あー」と声をあげる。

「そんな絵、神殿なら大抵の場所にはあるよ？　確か聖国の神殿にはもっと立派なのがあると聞いた事あるけど」

「そうなのか？」

「うん。それは……確か、えーと」

「それは、神々と破壊神の戦いを描いたとされる絵ですな」

要達の後ろ……入り口から入ってきた一人の男の声に、要達は振り向く。

そこには赤色の線の入った白いローブを着込んだ老齢の男が立っており、要にも彼が此処の神官であるのだろうと予想させる。

「ああ、神官様。外にいらしたんですか？」

「ええ。信徒の方々と交流を深めるのも務めですから」

ニコニコと笑顔を浮かべる神官は、そのまま歩いて壁画の前に立つ。

「こちらは、『かつての戦い』と呼ばれるものを描いたものです」

「確か破壊神ゼルフェクトと神々の戦い……でしたっけ？」

「ええ、その通りです」

アリサに頷《うなず》くと、神官は要へと視線を向ける。

「全ての人類と神々が力を結集したと言われる戦いには、私の信仰するアルハザールも最前線で戦ったと伝えられております」

「そ、そうなんですか」

明らかにロックオンされ、引いたように相槌《あいづち》を打つ要に神官は「そうなのです」と冗談めかすかのように頷く。

しかし、要を見ていたその視線は「これは、レクスオールの……」という呟《つぶや》きと共に冷たくなる。

「……さて、そちらのアルハザールの印を提げているお嬢さんとは違い、貴方からはレクスオールの力を感じます。どうやら、魔力に関しては……おかしいですね、感じませんが」

「えっ」

「今まで上級神官が地元におらず、判定できなかったというところですかな？」

「ええ、その……まあ」

そもそもそんな仕組みは地球に無いです、などとは言えない要が曖昧に答えると、神官は何度も頷いてみせる。

「それは災難でしたね。同じ神官でも、上級神官でなければ微細な魔力を判定できない事もございます。さあ、奥へ。貴方の判定を致しましょう」

要はアリサに背中を軽く叩《たた》かれると「はい」と答え神官の後をついて奥へと向かっていく。

「あの、ところで」

「何か？」

「レクスオールって……どんな神様なんでしょう？」

要の質問に神官は面倒臭そうな顔をして立ち止まると、小さな溜息《ためいき》と共に振り返る。

「……穏やかな神であったと伝わっています。かつての戦いに参加していたと主張する者もおりますが、どうだか……」

侮蔑に近い言葉だが、恐らくはそれがレクスオールに対する評価なのだろうと要は思う。

もういいですね、と話を打ち切り歩き出す神官の後を二人はついて行き……すぐに最奥の部屋へと辿り着く。礼拝堂らしいその部屋には誰も居らず、神官は祭壇の前に立つと
「よく見ていてください」と告げ片手を上へと掲げる。

「マギノギア、オン！」

その言葉と同時に、神官の掲げた手の中に光が集まり……やがて、銀色のナイフがその手の中に現れる。

「これが私がアルハザールより授かりしマギノギア、聖銀の小剣《ホーリーナイフ》です」

「今のって……」

「私達は誰もがいずれかの神々の祝福を受けています。そして、このマギノギアが出せるか否か、そして魔力の大小。こういった基準で、まあ……不遜ではあるのですがランク付けをしております」

上から順に最上級《アーク》、上級《セラト》、中級《ミルズ》、下級《デルム》。

「そして、それに応じて区分を示す印が贈られます。そこのお嬢さんであればアルハザールの中級《ミルズ》、私もまたアルハザールの中級《ミルズ》となります」

「へえ……」

言われてみると、神官の首には銀色の……中央に赤色の宝石が嵌《はま》ったペンダントが着けられていた。

「大体の人間は下級《デルム》ですので、万が一そうでも落ち込む事はありませんよ」

「え、じゃあ最上級《アーク》や上級《セラト》は」

要がそう聞くと、神官は淡々と「王族からスカウトされるかもしれないクラスとお考え下さい」と答える。

「少なくとも、当神殿では上級《セラト》を認定した事はございません。神から愛されると言われる王族の方々であれば別でしょうが……最上級《アーク》ともなれば、これはもう私如《ごと》きで認定できるようなものではないでしょうね」

少なくとも私達がお会いする機会はございませんね、と神官は答える。

「さて、ではどうぞ。私が先程唱《とな》えたように」

「え。あ、えーと……マギノギアオン？」

「ギアとオンの間は一息開けてください。では、もう一度」

「マ、マギノギア、オン！」

少し恥ずかしくなりながらも要は唱え……しかし、声は神殿に空《むな》しく響くだけで何も起こらない。

「……ふむ。これは……下級《デルム》かと思いましたが、魔力の発動する気配がほとんどありませんな。まるで魔力がないかのような……いやいや、これは……」

神官の視線は見下すものに変わっていて、要は居心地の悪いものを感じてしまう。

「……やはり魔力をほとんど感じません。うーむ、まさかこのような事が」

「神官様。その辺りは別にいいでしょう」

「……そうかもしれませんね。しかし、こんな神に見捨てられたような者が実在するとは」

アリサへとそんな事を言いながら、神官は一つの腕輪を祭壇から取り出し、まるで汚いものに触れてしまったかのように顔を歪《ゆが》める。

「ふう……こんなものはお遊びで用意されたものだと思っていたのですがね」

それは鉄の腕輪に一つの小さな緑色の宝石が嵌ったもののようで、少し乱暴に押し付けられたそれを要は受け取る。

「これって……」

「レクスオールの最下級《アザル》である事を示す腕輪です。まさかこのようなものを当神殿で認定する事になるとは思いませんでしたが……まったく、迷惑なことです」

「迷惑って……」

「神の祝福が皆無に近いなど、破壊神の信奉者くらいなものです。そのようなものと関わるなど当神殿にとって全く不名誉……」

「神官様。彼に水袋を分けて頂きたいのですけど」

最後まで言わせず、アリサは神官に小さな袋を手渡す。

ジャラリと音をたてた袋を神官は受け取ると中を開けて金色の輝きを確認し、人の良さそうな笑みを浮かべる。

「これは？」

「少なくて申し訳ありませんが、寄付です。私は違う神の祝福を受けた者ではありますが、新たなレクスオールの信徒が生まれたこの時を祝福せずにはいられませんので。神官様からも、是非彼に水袋を分けて頂きたく思っております」

これは遠回しに「神殿の祝福した水袋を売れ」というアリサの要求であり、「売れ」ではなく「分けろ」という言い回しだったのは「神殿では商売はしていない」という建前に従ったものである。そして同時に「破壊神の信奉者」などという不名誉すぎるレッテル貼りを防ぐ為のアリサの策でもあった。

　しかし神官はすぐにその笑みを曖昧なものに変えると、革袋を懐へと入れる。

「そうですか。しかし申し訳ありません。丁度切らしておりまして、お分けできるものがないのです」

　一度寄付として渡した以上、返せと言えるはずもない。この野郎と思いながらアリサが「そうですか」と返すと、神官は残念そうに頷いてみせる。

「そちらの方はもう神殿に来る意味はあまりないとは思いますが、寄進の類であれば歓迎しております。あるいはそれによって、道が開ける事もあるでしょう」

　全く、レクスオールでしかも最下級《アザル》など……汚らわしい。

　そんな事を呟きながら奥へと神官が去っていったのを確認すると、アリサは小さく「あの野郎……」と呟き、要の肩を叩《たた》くと「気にする事ないよ」と声をかける。

「まさか、ある程度大きくなっても魔力に完全に目覚めていない人間が居るなんて思わないだろうしね」

「まさか、このまま魔力が目覚めない……なんてことないよな？」

「それは無いと思うよ。断言は出来ないけど」

　断言してあげたいとは思うんだけど、と言って肩をすくめるアリサに、要は小さく溜息をつく。あの「姉さん」の言葉を信じるなら要は「レクスオールの生まれ変わり」のはずなのだが、一体どういう事なのかサッパリ分からない。

一体何が正しくて、何が間違っているのか。今の要には、判断は出来ない。

「行こっか、カナメ」

アリサに促され、要は神殿の出口へと進んでいく。

「……そういえばさ。さっきのレクスオールがどんな神とかいう質問、なんだったの？」

「うん。ちょっと、気になってさ」

まさか「自分がレクスオールの生まれ変わりだと思うんですけど、どんな神様か分からないんです」なんて言えるはずもない。

しかし……「姉さん」はレクスオールは荒神だと言っていた記憶があるのに、神官は「穏やかな神」だと言っていた。

恐らくは、さっきの神官の語った事が「この世界の常識」なのだ。

それにマギノギアとかいうモノも、要には出せなかった。ならば、「姉さん」の言った事が間違っているのだろうか？

心の奥から湧き上がってきた怒りが「その通りだ」と喚《わめ》きだすが、要はそれを抑えつける。今の要には、何一つ判断することは出来ない。

そんな事を考えている内に神殿を出て、そのまま要はアリサの後をついて歩いていく。

「まあ、カナメが持ってるのがレクスオールの祝福だっていうんなら、弓買ったのは正解だったね」

「あ、ああ。剣も最初はカッコいいと思ったんだけど……な」

「ま、合わない武器使っても仕方ないし、正直カナメには剣の才能は無さそうだったしね」

そう言われてしまうと要としてはぐうの音も出ない。

「でもカナメが剣を使いたいって言うなら教えてあげるよ？」

どうする、と聞いてくるアリサに要は「弓でいいよ」と答える。

自分がレクスオールの生まれ変わりであるかどうか……は分からないが、レクスオールの祝福がある事だけは確かなのだ。

ならば、弓を使った方がいいのは確実だろう。

「ま、とりあえず明日は私と一緒に冒険者ギルドに行って何か依頼受けようか」

「そう、だな」

「うん。カナメを早く、稼げる立派な男の子にしてあげないとね」

それを聞いて、要は少し複雑な気分になる。

要が稼げるようになるという事は、アリサの「弟扱い」が終わってしまうということでる。

はないだろうか、と。そう考えてしまったのだ。
それは当然だ。アリサだって、いつまでも要の面倒をみている理由は無い。
こうして今面倒をみてくれているのが奇跡のような事だという事くらい、要は知ってい
る。

必ずそうなるという事だって、分かっていたはずだ。

けれど。それが現実となって見えてくると「嫌だ」と思っている自分がいることにも要は気付いていた。

アリサと、もっと一緒に居たいと思う。けれども一歩踏み出すその勇気は、無い。

今まで、誰も自分など好きにはならないと思って生きてきたし、実際にそうだった。

全ての人間は要を通り抜けて兄を見ていたし、要への認識は常に兄の付属物だった。

つまり要は、自分に自信がなかった。だからこそ、要は「姉さん」に見てもらいたくて。

見てもらいたくて……その後、どうなったのだったか。

どうして。どうして「姉さん」は要を裏切ったのか。

思い出せずに悩む要の頰《ほお》を、アリサの指がつつく。

「カナメー？　ボーッと歩いてると危ないよ？」

「うわっ、ご、ごめん」

「別にいいよ。それより、何考えてたの？」

「あー……」

（まさかアリサのこと考えてました、なんて言えないよなあ）

しかもその後「姉さん」の事を考えてましたなんて、もっと言えない。

「私の事？」

「うっ」

図星を突かれて唸《うな》る要に、アリサは「ふふーん？」と笑う。

「そっか、そっか。そんなに姉さんが好きかあ。うんうん」

言いながら、アリサは腕を広げてみせる。

「ほらカナメ。姉さんの腕の中に飛び込んできてみる？」

「う、ぐ……いや、それはちょっと」

かなり魅力的な提案ではあるのだが、まさかそんな事をするわけにもいかない。

「でも、注意散漫になるほどなんでしょ？」

明らかにからかわれているのが分かるので、なんとか逃げようと要は考えて「こっちのお風呂ってどんな感じかなって考えてたんだ」と誤魔化す。

「そう？　じゃあ、さっさとお風呂行こうか。遅くなると混むしね」

「お風呂屋……かあ」

「お風呂屋じゃなくて共同浴場ね」

「共同……」

「男女共同って意味じゃないよ︱？　カナメはエッチだねえ」

姉さんと一緒に入る？　と言われて、要は思わず顔を真っ赤にして首を横にブンブンと振る。

「そ、それはちょっと……！」

「そう？　本当に入ってあげようかと思ったけど」

「えっ」

要が思わず静止してしまうと、アリサはニヤリと笑う。

「やっぱりエッチだ」

「そんな事ない」

顔を背けてしまった要の頬を再度アリサはつつき「ま、冗談はさておき」と続ける。

「個人経営の『お風呂屋』は、ちょっと資金的に厳しいと思うしね」

「あ、そっか。国営だもんな」

「国営……もあるとは思うけど、基本的に領主とか街とかの経営だと思うよ？」

「あ、そうなんだ」

なんとなく古代ローマのお風呂のようなものを想像していた要だったが、やがて辿《たど》り着いた共同浴場を見て感嘆の声をあげる。

「でっか……っ！　え、これお風呂屋……じゃない、共同浴場なのか？」

「そだよ。街一つ分を賄おうってんだから大きくないと。このくらいの規模の街だと、基本的に此処《ここ》一つだろうしね」

もうちょい大きい街とか儲《もう》かってる街だと二つくらいあるけど、と言うアリサだが、要はここ一つで充分だろうと、大きな浴場を驚きの目で見上げる。

大きさは二階建てではあるが、とにかく大きい。先程の神殿よりも余程大きく、実は此処が神殿なのではないかと思う程であった。

「……なんか自警団員の人立ってないか？」

「そりゃまあ、そうでしょ。人が一番油断する場所だしね。ああして立って、何かあったら捕まえるぞって威嚇してるの。でないと、浴場が犯罪の温床になったら恥でしょ？」

「あー、なるほど」

つまり公営の共同浴場は領主のような権力者の権威を示す場なのだと要は理解する。

そこで犯罪が多発するというのは、自分の管理能力を問われるような事なのだろう。

「権力持ってるっていうのも大変なんだな」

「その分の見返りもあるけどね。どういう見返りかはあえて言わないけど」

皮肉げな顔をするアリサだが、なんとなく要にも理解できる。

(たぶん汚職的な話なんだろうなあ。やっぱり異世界にもあるのか)

「そんな事より、今のうちに教えとくけど」

「ん？」

「カナメに渡したお金、あったよね？」

「え？　ああ、服の代金の」

「そう。それ使って、お風呂入ってきてみて」

「へ？」

そんな初めてのお使いみたいな事を言われても、普通にお金を払って入るだけじゃないかと要は考え……「違う」と否定する。確かアリサは「石鹸《せっけん》を買い足す」と言っていた。

つまり、お風呂には自由に使える石鹸の類は用意されていない可能性があった。

「ひょっとして……何か買ったりする、のか？」

「そうだよ。共同浴場ってそういう色々な事を勉強するには最適かつ簡単な場所だから。カナメの采配でやってみてよ」

「うっ……」

「心配？　なら子供枠ってことで一緒に女湯入る？」

「えっ、無理だろ」

要はもう16歳なのだ。流石《さすが》に「子供です」で通じる年齢は通り過ぎてしまっている。

「うーん、でも童顔だし……いけると思うけど」

「無理無理無理無理！　ていうかそれバレたらマズいだろ！」

「うーん。まあ、そうだねえ」

流石に死刑にはならないが、鞭《むち》で叩《たた》かれるくらいはあるだろう。

「……心が女の子とか」

「無理だろ……心も男だし」

「そっかあ……」

流石にアリサも、要を牢獄《ろうごく》送りにするリスクを負うわけにはいかない。

「私も姉として心配ではあるんだけど……でも、共同浴場って本気で社会勉強には最適なんだよねえ」

悩むような様子を見せながら、アリサは「よし」と何かを吹っ切るように要の肩を叩く。

「ここは……姉としてカナメの成長を祈る事にするよ！　頑張ってね！」

そう言って走って行ってしまうアリサを呆然《ぼうぜん》と見送り、要は「ええ……?」と困ったように呟《つぶや》く。

(色々な事ってなんだよ……石鹸買う以外にも何かあるって風に聞こえたぞ……?)

しかし、アリサはもう行ってしまった。まあ、引き留めて聞いたところで教えてはくれなかっただろうとは思いつつも、要は急に孤島に取り残されたような感覚を味わってしまう。

「ま、とにかくやるしかないか……」

言いながら要は自分も共同浴場へ向かうべく足を進めて。

「申し訳ございません。少しお待ちを」

「うわあああああああああああああ!?」

突然眼前に現れた少女に驚き、要は後退《あとずさ》った。

(な、なんだこの人!? いつの間に目の前に!)

誓ってもいいが、つい先程まで要の前には誰も居なかった。

だというのに、今突然目の前にこの少女は現れたのだ。

「突然の御無礼《ごぶれい》はお詫《わ》びいたします。しかし、私の主人から貴方《あなた》様へ用向きが御座います故」

「は、はあ……？」

そう言って一礼する……メイド、としか言いようがない少女。

きっちり短く切り揃《そろ》えたオレンジの髪はしっかりと手入れがされ美しく、やや眠そうな金色の目は鋭く要を見据えている。

そしてメイド、と言ったように要の目には少女の服はメイドのもの……本物を見たことが無いので想像になるが、とにかくメイド服であるように見えた。

それだけであれば「可愛《かわい》らしいメイドの少女」で済んだだろう。

事実、要と同じくらいの年頃に見えるメイドの少女は細く、か弱く見えた。

何処《どこ》となく守ってあげたいような雰囲気のある、そんな少女だった。しかし奇妙な事に、その黄色いメイド服の上から少女は鎧《よろい》を纏《まと》っている。

腰に差した短剣と短い杖《つえ》は少女の武器なのか、かなり使い込んだようにも見えるそれは少女の戦闘経験を示しているようで、要は思わず気圧《けお》されてしまう。

「あ、あの。貴方の主人って……？」

「私よ」

聞こえてきた声に要が振り返ると、そこには一人の女性の姿があった。

まず目につくのは、ふわりと緩やかなウェーブがかかった金色の髪。

吊《つ》り目気味の青い目は如何《いか》にもキツそうで、しかし女性の美しさを強調しているようにも思える。

年齢は恐らくは要よりも上だろう。白を基調としたドレスと、緑の金属鎧。ある意味でメイドの少女と似たようなイメージだが、こちらはどちらかというと「騎士」といった感じだ。豪奢《ごうしゃ》なデザインのブロードソードと鎧と同系色の金属製のカイトシールドが、そのイメージを更に強化する。

全体的に少し派手気味で、実用重視といったアリサのスタイルとは真逆のようにも近いようにも要には思える。

しかしながら、一番目を引くのはその胸元だろうか？

金属鎧に隠されてはいるが、その大きな胸を収めた金属鎧の胸部は同様に大きなカーブを描いていて、アリサにはない……恐らくは「姉さん」でも敵《かな》わないであろう迫力に、要は後退りしたくなってしまう。

凄《すご》い、とか照れる、以前にどう反応すべきかも分からない。人間、限界を超えるといっそ恐怖を感じるのだと……要はそんなどうでもいい事を考えてしまう。

まあ、総合した上でコメントを述べるならば「戦場に出たお嬢様」といった感じだが……明らかに何か面倒事だと察した要は「な、何の御用でしょう」とひとまず下手に出てみる。

「たいした用事じゃないわ」

そう言って、女性は要に近づきその胸元を……正確には要の胸元のペンダントをじっと見つめ始める。

「え、えーと……？」

この人が鎧を着ていてよかった、と要は思う。もし鎧が無かったら、要はまともに言葉を紡げていた自信がない。何しろ、鎧を着ていてもなおドキドキと心臓が跳ねる程なのだ。

しかし、女性の方は気にした様子もない。

アリサのようにからかうでもなく、嫌悪感を示すわけでもなく。

本当に興味がないような、そんな目で……要は少し自分の心が落ち着くのを感じていた。

「やはり、普通のマジックアイテムじゃないわね。一見弱い魔力しか持ってないようにも見えるけれど、何かただならない魔力を秘めているようにも、やはりその全てが勘違いであるかのようにも感じるわ。それでいて、どんな効果があるのかがサッパリ分からない。こんなマジックアイテム、初めてね……」

独り言のように呟いた女は要を見上げ「触れても？」と聞いてくる。

「あ、はい。構いません、けど」

「感謝するわ」

言うなり女は要のペンダントを摘《つ》まみ上げ、じっと鑑定するように眺めまわす。

「……工房や作成者の刻印は無し。仕上げは有り得ない程に良し。となると……古代の品かしら？」

「いや、その……」

再び見上げてくる女に見つめられ、要は気恥ずかしくて視線を逸《そ》らす。そんな要に女は「ふうん」と呟き、要から数歩離れる。

「まずは良い物を見せて貰《もら》ったお礼を。私はハイロジア。こちらは私のメイドナイトのクシェル」

「ご紹介に与《あずか》りましたクシェルです。お見知りおきを」

「要、です。よろしくお願いします？」

いつの間にかハイロジアと名乗った女の後ろに移動しているクシェルに要は軽い恐怖を覚えるが、ハイロジアは気にした様子もない。

それにしてもメイドナイトという単語が聞こえたが、まさかそのままだとは……と要は人知れず戦慄する。異世界だと、メイドには戦闘能力も求められるのだろうか？

「早速だけど、貴方に一つ提案があるわ。そのペンダント、私に譲って貰えないかしら？」

「ペンダントって……え、これを？」

今のところ役に立ってはいないが、これは要の過去に関わる大切なものだ。

そう簡単に「はい」と頷《うなず》くわけにもいかず、要は思わずペンダントを手で隠すように押さえる。

「勿論《もちろん》、タダで譲れなどとは言わないわ……クシェル」

「はい」

進み出たクシェルが、何処から取り出したのか大きな袋を要へと差し出し、その口を開けてみせる。

「うっ……⁉」

ギラリと溢《あふ》れ出る金色の輝きは、間違いなく金貨だ。それがどれ程の価値を持つものか要にはまだ理解できないが、恐らく凄い金額であるという事だけは理解できた。

「全部で……えーと」

「500金貨でございます」

「そう、500金貨あるわ。正体不明のマジックアイテムに出すには破格であると思うけど？」

「そ、そんな事言われても……」

「足りないと？」

「あ、いえ。そういう事ではなく。確かによく分かんないものですけど、一応大切なものなんで。お譲りするわけにはいかないと言いますか」

「……なるほど？」

　要の返答にそう返すと、ハイロジアは要の腕輪に視線を向け、一瞬だけ蔑んだような目になる。

「下級《デルム》……じゃないわね。それは最下級《アザル》かしら？　流石に初めて見るわ」

　その言葉に、金貨の袋の件で注目し、集まり始めていた観衆がざわめく。

　最下級《アザル》。そんなものは存在すら知らないという者も居たが、おとぎ話程度には知っている者も居た。下級《デルム》よりも更に下。神に愛されていないとすら言える最下級《アザル》の実在に驚きが広がり……やがて理解が進んでいくと、蔑みの声が広がっていく。

「そんなもんが実在したのか……」

「見てみろよ、あれ。レクスオールの色だろ？　それで最下級《アザル》とか……どうしようもねえな」

　広がっていく蔑みの声と視線。知っている者は知らない者に教え、どんな奴《やつ》か見てみようと集まる者も居れば「最下級《アザル》がうつる」などと呟いて離れていく者もいる。

しかし、それを広げる原因であるハイロジアは気にした様子もない。

「なるほど、確かに貴方はレクスオールの祝福……それも最下級《アザル》。謎のマジックアイテムに縋《すが》る気持ちも分からなくもないけれど？」

その言葉に、経過を見守っていた野次馬《やじうま》達からクスクスと笑い声が漏れ始める。

「レクスオールの最下級《アザル》……ほんと、どうしようもねえ組み合わせだよな」

聞こえてくる蔑みの声。それを招いたハイロジアに要は少しの敵意を込めた視線を向けるが……その瞬間、クシェルから要にも理解できる程の殺気が飛んでくる。

「クシェル。虐《いじ》めるのはやめなさい」

「はい、お嬢様」

クシェルを形だけ窘《たしな》めたといった感じのハイロジアは、要に向けて一歩近づく。

「無理を言うつもりはないわ？　けれど『ヴィスホークの陸歩き』という言葉も……いえ、このたとえは正確ではないかもしれないわね。だって、レクスオールの最下級《アザル》なんていう祝福持ちをヴィスホークと比べたら、ヴィスホークに失礼だもの」

「な……っ」

何を言っているのかは要には分からない。分からないが、馬鹿にされているという事だけは強烈に伝わってきた。

「正直に言って、強いマジックアイテムを持った程度では何も変わらないと思うわよ？　冒険者気取りなのかもしれないけど、早々に諦めて静かに隠遁《いんとん》する事をお勧めするわ」

「そこまで言う事は……！」

「そこまで言う事よ。どんな希望を抱いているのか知らないけど、そこまで大きくなって魔力がその程度なら、今後大成する事は無いわ。だから、この商談は言ってみれば貴方への慈悲。貴方の持つ最後の幸運を、分かりやすい形にしてあげようというだけの事よ」

なんという言い草だろう。睨《にら》みつける要を見てクシェルが再び動きかけ、それをハイロジアが制する。

「分かりやすく示してあげるわ……クシェル」

「はい。マギノギア、オン」

ハイロジアの声に応え、クシェルの手の中に一振りの細剣が現れる。美しい銀色の細剣に周囲から「ヴェラールの剣だ……」という呟《つぶや》きが漏れてくる。

いきます、と。そんな宣言の直後、要はクシェルの身体《からだ》から剣に向かって強い魔力が流れ込んでいくのを見た。

その魔力に呼応して細剣は輝き……クシェルは無言で要へと斬りかかってくる。

「うわっ⁉」

避《よ》ける暇もなく要は細剣に斬られ……しかし、痛みもないままに細剣は要の体の中を通り抜ける。

一体何が。そんな要の疑問に答えるように、クシェルは淡々と言葉を紡ぐ。

「……天秤《てんびん》の神ヴェラールの『罪人のみを切り裂く』審判の剣。たとえ魔力の無い者が振るったとて、まともに扱えはしないでしょう。そして魔力ある者が振るえば、この剣は何者よりも正しく罪を測る神器と化します」

「分かるかしら。祝福の強さ、そして魔力の大きさは人の価値そのものよ。この世のあらゆる全ては魔力持つ者を中心に動く……これは不変の真理。だからこそ貴方《あなた》は無価値。弓を少し上手《うま》く使える程度の祝福が、一体何の役に立つというのかしら？」

その程度、他の祝福を持つ人間でも少し鍛えれば届く程度のもの。いくらでも代替の利くものに価値をつけるほど、世間は甘くはない。

「まあ、私としても珍しいマジックアイテムに興味を持った程度。貴方にかける慈悲も無限にあるというわけではないしね」

「……売るつもりはありません」

要がそう答えれば、ハイロジアは軽く肩をすくめてみせる。

「そう。でもまあ、私は優しいから最後のチャンスは残しておいてあげるわ……クシェル」

「はい。カナメ様、私達は黒犬の尻尾亭《しっぽてい》という宿に部屋をとっております。私の名前を出せば話が通るようにしておきますので」

「……行くとは思いませんが」

「別に構いません。私個人としては、お嬢様の優しさを無駄にする輩《やから》は死ねと思っておりますので」

無表情で一礼するクシェルを要は睨むが、クシェルは全く動じた様子すらない。

「行くわよ、クシェル」

「はい、お嬢様」

去っていく二人から視線を外し、要は今度こそと浴場へ向かって足を踏み出す。

色々と最悪な出来事ではあったが……その事で要は逆に、アリサの有難さが身に染みていた。

溜息《ためいき》をつきながら要は共同浴場の入り口を……潜《くぐ》ろうとして、ピタリとその足を止める。

「入り口が、二つ……？」

そう、共同浴場の入り口は二つ。それぞれの入り口の上には何か文字が書いてあるが、なんと書いてあるのかはサッパリ分からない。しかしよく見てみれば男女で入っている入り口が違う事にも気付けた。つまり男湯と女湯。そういうことなのだと要は理解する。

そうと分かれば迷う事は無い。要は他の男性利用客の後をついて男湯らしき入り口を潜る。すると、其処《そこ》には温泉の番台のようなものがあり女性従業員らしき誰かが要の前に入った利用客から代金を受け取っていた。

「あら、いらっしゃいませ。初めての方ですね？」

「はい、そうですけど……分かるんですか？」

「ええ、勿論です。その黒髪は珍しいですから。それに……」

一瞬、従業員の目が要の腕輪に向けられる。しかしすぐに視線を外すと「いえ、なんでもありません」と微笑《ほほえ》む。

「入浴料は３銅貨です。石鹸《せっけん》と洗い布を購入されるなら２銀貨が追加になります」

「え、２銀貨？」

「はい。勿論買わずとも結構ですが、中にご用意はございませんので」

要は慌てたようにお金の入った小袋を取り出し、その中身を確かめる。

中に入っているのは銀貨と銅貨。少なくとも此処《ここ》で銀貨２枚を払ったくらいで無くなることは無さそうだが……。

「……値引き交渉って」

「しておりません」

笑顔で拒絶する従業員に要は小さく呻《うめ》いた後、銀貨2枚と銅貨3枚を番台に置く。

「はい、確かに。では此方《こちら》が石鹸と洗い布になります」

置かれた革袋入りの……拳大ほどの大きさの石鹸と洗い布を受け取ると、要はふと気付き番台へ視線を向ける。

「ちなみに身体を拭く布って」

「はい、身体拭きは貸し出しになります。ご利用の際には銅貨1枚を追加で……」

無言で要が銅貨1枚を置くと、従業員は笑顔で大きめの布を番台に置く。

「どうぞごゆっくり」

「はい……」

洗い布と身体拭きはタオルというよりは本当に「布」だが、無いよりはずっとマシだろう。

それらを抱えたまま要は奥へと進み……明らかに客ではなく店員らしき少年達が大勢いる部屋に辿《たど》り着く。

脱いでいる客らしき男がいるところを見ると、此処が脱衣場で間違いないのだろうが、カゴもなければ棚も無い。

どうしたものかと考えていると、先程の男に少年の1人が近づき服を受け取っているのが見える。

同時に銅貨らしきものを何枚か渡したところを見ると、チップか預かり料か……まあ、そんなところなのだろう。

ならばと要も適当な壁際に行って服を脱ごうとするのだが……背中に感じる視線がどうにもむず痒《がゆ》い。

（すっげえ見られてるな……視線が痛いぞ）

チップの為《ため》なのかどうかは分からないが、牽制《けんせい》しあっている気配すら感じるのだ。

見ているのが少年達だからまだ我慢できたが、これが大人の男達であったならば要が全力で逃亡していたのは間違いない。

なんとか服を脱いで、少し考えて、ペンダントは着けたまま洗い布を腰に巻く。

すると、そのタイミングを狙っていたかのように一人の少年がすっと右横に現れる。

「お客様、僕が服とお荷物、拭き布をお預かり致します」

「え、あ、ああ。助かるよ。これでいいのかな」

言いながら要が革袋から銅貨を5枚ほど取り出し渡すと、少年はニコリと笑って「ごゆっくりどうぞ。お客様がお出になるまで僕が責任を持ってお預かり致します」と返す。

正解であったらしいことに安堵《あんど》して要は更に奥へ進もうとして……そこで、少年に「少しよろしいですか」と声をかけられる。

「え？　ああ」

「お耳を拝借」

要が中腰になると、少年は要に「こういう場では獲物を見極めようとする不届き者も居たりしますので、お帰りになる時までお気をつけて」と囁《ささや》いてくる。

……なるほど、共同浴場が誰でも利用できる場であるならば、富裕層が来ることもあるのだろう。そうした者を狙い帰り道などで襲う輩がいる……ということを忠告してくれたというわけだ。

要としても先程の件がある。ペンダントを狙ってくる者が居ないとも限らない。

「……ありがとう、感謝するよ」

「いえいえ。それより、お客様が僕に渡し忘れたものなどあれば今のうちに」

遠回しなチップの追加要請だと気付いた要が少年に預けた小袋を一度受け取り、中から銅貨を更に2枚渡すと、少年は大げさに「ありがとうございます、お客様」と驚いてみせる。

あくまで自分で要求したわけではないというアピールなのだろう。

ちょっと羨ましそうな他の少年達の顔を見ると、要が貴族や商人のような「裕福な人間」だと思われていたのだろうか。

実際には裕福どころか、この小さな革袋の中身が今の要の全財産なのだが……そんな事を一々説明する気も起きない。

「お引き止めして申し訳ありません。どうぞごゆっくり」

「ありがとう、えーと……あ、名前って、聞いても？」

まだ少年の名前すら知らずに会話していた事に気付き要がそう聞くと、少年は少し意外そうな顔をした後に「チャールズです」と答える。

「そっか、ありがとうチャールズ」

会釈して去ろうとする要に少年……チャールズは「お客様のお名前は？」と問いかけてくる。

「俺？　要」

「カナメ様……ですか。もし何かお困りの事があれば僕まで。解決できるとは言いませんが、ご相談には乗りますよ」

そんな冗談のような言葉を最後に、チャールズは要の荷物を抱えて奥へと下がっていく。

「……アリサに言われたのは、これで正解だったのかな」

そんな事を呟《つぶや》きながら要は脱衣場を出て、風呂のある部屋へと進んでいった。

☆★☆

見様見真似《みようみまね》でのお風呂タイムも終わり、要は心なしかぐったりした顔で、しかしアリサがもう待っているかもしれないと少し足を速めると……入り口で暇そうにしていたアリサが二人組の男に絡まれているのが見えた。

二人はアリサと同じ冒険者なのか、ピカピカの金属製の胸部鎧《よろい》と鮮やかな明るい色の服を纏《まと》っている。

腰に提げた凝ったデザインの柄《つか》の細剣を揺らしながら盛んにアリサにアピールする二人に、アリサも笑顔で応じていて……その姿に、要は知らず知らずのうちに不機嫌さが増していくのが分かる。

ひょっとしたら知り合いなのかもしれないが……意味も無く気に入らなかったのだ。

だから、要は可能な限り自然な笑顔で叫ぶ。

「おーい、おまたせ！」

「あ、カナメ！」

そうするとアリサは今までに見たこともないような笑顔で要へと振り向き、二人組の男をするりと抜けて走り寄って来る。

「もう、おっそーい！　待ったんだからねっ」

「えっ」

そのまま要の首に手を回して抱きついてくるアリサに要は思考停止しかけ……次の瞬間に放たれたアリサの「あー……めんどくさかった。ねえ、もうあいつ等《ら》行った？」という小さな囁きに即座に思考を揺り戻される。

いわゆる「ナンパ避《よ》け」に要を利用しているのだという事実に気付いてしまったのだ。

実際、アリサ越しに見える向こう側で、先程の男達が何度か振り返りながらも何処《どこ》かに歩き去っていくのが見えている。

「えーと、こっち振り返りながら向こうに行ってる最中」

「ん、ならいいか」

そう言うとアリサはパッと離れて、「ごめんごめん。面倒なナンパに巻き込まれてね！」と笑う。

「とりあえず、お帰り。時間かかったね？」

「あ、ああ。色々あってさ。それよりさっきの、同業者だろ？　ナンパなんかするもんなんだな」

むしろ同業者だからだろうか……などと要が考えていると、アリサは微妙な顔で手をパタパタと横に振る。

「違う違う。あれは同業者じゃないよ。冒険者風ファッションってやつ。アウトローぶってるの」

「冒険者風ファッション……って。街の人ってことか？」

「そゆこと。あからさまな格好だったでしょ？」

言われて、要は彼等《かれら》の格好を振り返ってみる。

金属製の胸部鎧はピカピカで、鮮やかな服は薄手だったような気がする。

複雑なデザインの細剣は使いにくそうだし……攻撃力としてはどうなのだろうか？

「……言われてみると、アリサとは全然違うな」

「別に私を基準にする必要は無いけど、そういうこと。私も中古とはいえ鎧新しくしたから、仲間と思われたのかもね」

「なら、適当にあしらっちゃえばよかったのに」

要がそう言うと、アリサは「あー、ダメダメ」と面倒くさそうに手を振る。

「ああいうのはね、うまーくやらないと後々面倒事引き起こすの。ひどい例だと冒険者に暴力振るわれたー、とか言って自警団連れてきた例もあるから」

「うげっ」

「面倒でしょ？」

肩をすくめるアリサに要は頷くしかない。

そういう連中に絡まれたくはないものだが、絡まれた場合にカッコよく切り抜ける……というわけにもいかないようだ。

「あ、そういえばアリサ」

「ん？」

「お風呂入る前のやつ……どうするのが正解だったんだ？」

「どうするって……あー」

そういえば言ったね、などと言いながらアリサは何度か頷く。

「そういう事聞くって事は、何かしらカナメなりの答えが出せたのかな？」

「たぶんだけど。あの荷物預かりの子達に渡すお礼のこと、かな？　ああいうのがあるって話？」

「うーん。それは普通の預かり金かなあ。他に何かなかった？」

「他……他、えーと。互いに自己紹介したくらい、かな。困ったことがあったら相談に乗る、とか言われたけど……そんなに頼りなく見えたかなあ、とは思った」

「ふーん？　ふむ、ふむ。うんうん、正解だよカナメ。偉い！」

面白そうに頷き自分の頭を撫《な》でてくるアリサに要は思わず疑問符を浮かべそうになる。

今の話の何がアリサの興味を引いたのか全く分からなかったから……だが、その答えはすぐにアリサからもたらされた。

「大正解だし、大収穫だよ。その子、情報屋の卵だからね」

「へ？」

「共同浴場ってのはね、ある意味で情報の一番集まる場所だから。そういうのが混ざって修行してたりするんだよねー。この街に定住するつもりだったら心強いツテになる可能性はあるよ」

「……そう、なんだ」

それはアリサから離れるという事。そして、アリサはそれをすでに想定の一つとして考えている事。ある意味当然であるそれを理解し、要は素直に喜ぶ事などできなかった。

「情報屋ってのは質の良いのを見つけるのは難しいんだよねー。何しろ『もどき』がたくさんいるし。要が見つけたのが将来どっちになるかは分からないけど、良いのに育つといいね」

「ああ……でも、俺は」

「勿論《もちろん》、この街を離れるとしても役に立つよ」

「えっ」

続くアリサの言葉に、要はそんな声をあげる。

「各地に自分の馴染《なじ》みの情報屋が居るってのは、良い事だしね。実際私も、そんな感じだし」

言いながら、アリサは悪戯《いたずら》っぽい笑みを要へと見せる。

「……それとも、この街に定住する？　姉さん、寂しいなあ？」

「しないよ。俺はまだアリサについてく」

「そう？」

「そう」

要が力強く頷《うなず》くと、アリサは「そっか」と笑う。その意味までは要には分からなかったが……一緒に居る事を本当に嬉《うれ》しいと思ってくれているなら、自分も嬉しいと。要はそう思う。そう、今度こそ……今度こそは、離れたくない。理由は分からないが、要は強くそう思うのだ。

「他には何かあった？」

「ああ、もう一つ……これは良い話じゃないけど」

他といえばアレくらいしかないだろうと、要はあのハイロジアという女の話をする事にする。

「俺のこのペンダントを売ってくれって人が居たかな。お風呂に入る前だけど」

「ふーん？　どんな人？」

「胸が大きか……あ、いや」

「カナメェ？」

ずいと近づかれて、要は思わずサッと目を逸《そ》らす。

「胸が、なんだって？」

「なんでもございません」

「胸が大きかったって？」

「記憶にございません」

不正のバレたお偉いさんのような発言をする要だったが、アリサに抓《つね》られて「いてて……」と悲鳴をあげる。

「だ、だって本当に大き……いたたた！」

「全くもう、男の子は仕方ないなあ。姉さんは悲しいよ？」

「ご、ごめん」

要が謝ると、アリサは「まあ、良し」と息を吐く。

「で、胸が大きい以外だとどんな人？」

「分かんないけど、メイドさん連れてた女の人だし……お嬢様だろうなあ」

「姓は？」

「言ってなかった。あ、じゃあ貴族じゃないのかな？」

「あるいはお忍びかもね……んー、カナメのペンダントを……ねえ？」

何の効果があるかも分からないペンダントを購入したいと考えるなど、余程酔狂なのか。

アリサにはどうとも判断はつかないが、ひょっとしたら要のペンダントには何か秘密があって、そのお貴族様らしき誰かはそれに気付いたのかもしれないと想像する。

「あ、そういえば『ヴィスホークの陸歩き』がどうとか言ってたけど……どういう意味なんだ？　馬鹿にされてるのは分かったんだけど」

「はあ？」

しかしアリサの思考は、要のそんな言葉で中断される。

ヴィスホークの陸歩き。要の言う通り、それは侮辱の言葉だ。

そもそもヴィスホークとは空舞う鳥の一種で、一生の半分以上を空中で過ごすという鳥でもある。

　ヴィスホークは地面を歩くのに全く向いていない身体構造をしているらしく、歩いているヴィスホークはあらゆる生物中で世界最弱と言われる程……まあ、つまり「どうしようもない程に合っていない」という意味のあることわざだったりするわけだ。

「あ、レクスオールの祝福持ちをヴィスホークと比べたら、ヴィスホークに失礼だとかってのも言われたな」

「今度会ったらブッ飛ばそうか、そいつ」

「えっ」

　つまるところそれは、「お前はヴィスホークが空を飛ぶみたいな才能すらない無能」と言っているのだ。殴られても全く文句が言えない程の侮辱だ。

「大丈夫大丈夫、姓を名乗らなかったんでしょ？　なら出したくない理由があるんだよ。ちょっと小突いたくらいで名前出したら、そいつの家名の方が傷つくし。大事にゃならないって」

「え、いやいやいや。何もそんな」

「言っとくけど、そのくらい怒った方がいい案件だからね、カナメ？」

「ん……んん」

「まったく、もう。心配だなあ。冒険者ってのはナメられすぎてもダメなんだからね？

だからって無法者気取るのはもっとダメだけど」

「それは肝に銘じとくよ」

「うん、よろしい」

満足気に頷くアリサに、要も頷き返す。

自分の事を心配してくれていると分かるからこそ、素直に頷ける。先程の二人の事を思い返すと、本当に良い人に会えたと……要は自分の幸運を再確認する。

「さてと……ひとまず宿に帰る……にしてもちょっと早いかな。んー、明日にしようと思ってたけど、冒険者ギルド行く？」

「え、冒険者ギルド⁉」

その単語を聞いて、要は目を輝かせる。

冒険者ギルド。その言葉には、男子のテンションを否応《いやおう》なく上げるものがある。

あらゆるロマンが其処《そこ》に詰まっていると言える程で、テンションを上げるなというのが無理なくらいだ。

「カナメってば。そんなに冒険者ギルド楽しみだったの？」

クスクスと笑うアリサに、要は「ああ！」と力強く答える。

「だって冒険者ギルドだぞ！　なんかこう、ロマンの宝箱みたいな……」

「うーん、男の子だなあ」

アリサにはよく分からない領域なのだが、要がテンションを上げているのを見ると、なんとなくアリサも微笑《ほほえ》ましい気持ちになってくる。

まあ、確かに英雄譚《たん》でも冒険者ギルドは素晴らしい場所みたいに書かれているし、年頃の男の子がそういう気持ちになるのは理解できないわけではないのだ。

「でもねえ。姉さん、そういうカナメの気持ちを萎えさせるのはとお……っても嫌なんだけどね？」

「え？」

難しい顔をしながら、アリサは要に「冒険者ギルドって……そこまで期待するようなものじゃないよ？」と告げてくる。

「え。でも、冒険者ギルドだろ？」

「うん。そのカナメの夢一杯の冒険者ギルドを私も見せてあげたいと思うんだけどね？」

ちょっと悲しそうな顔をするアリサを見て、要は「冒険者ギルド」で連想するものを考えてみる。

「……そういえば冒険者にはそういう証明書とかってあったりするのか？　ほら、冒険者カードとか」

「何その冒険者カードって」

「いや、冒険者だと証明したりランクごとに色変わったりさ……そういうのをちょっと期待してたんだけど」

「カナメの居た所って、そういうのがあったの？」

「お話の中でなら……」

「ふーん。そういうのがあったら楽しかったかもね？」

「だ、だよな」

「うん」

あると面倒だと思うけどね、とはアリサは言わない。

要が嬉しそうに話すのだから、合わせてあげるのが良い姉というものなのだ。

「でもまあ、大丈夫だよ。要の『証明』は、今のところ私だからね」

そう言って歩き出すアリサの後ろを要はついていく。

確かに期待したものは無さそうだ。しかし、それでも冒険者ギルドなんていうお話の中にしか無かったものを見られると思うと僅かながらテンションが上がるのは事実だ。

相変わらず読めない看板を見ながら道を歩いていて、ふと要は「それ」に気付く。

「……あれ。そういえば俺、言葉は分かるのに文字は読めないな……？」

そう、要は恐らくは異世界語だろうと思われるアリサの言葉は「まるで日本語であるかのように」理解できる。

しかし同様に異世界文字で書かれているであろう看板は理解できないのだ。

それは古道具屋の時は「魔法的なものかもしれない」と思っていたが、考えてみれば妙な事だ。

「ん、何の話？」

「いや。俺って今何語で話してて、何語を聞いてるんだろうなって」

「んん？」

意味が分からなかったのか、アリサは足を止めて要へと振り返る。

「共通語でしょ？」

「共通語？」

「うん」

言いながら、アリサは要の顔をじっと見つめる。

「特に訛《なま》りとかもなさそうだけど、何か別の言葉を話してるつもりだった？」

「あー……うん。日本語っていう俺の居た国の言葉を話してるつもり……だったんだけど」

「ふーん？　別に口元に違和感はないけどなあ。普通に共通語喋《しゃべ》ってる口の動きだよ？」

「そ、そう？」

「うん。わけ分かんない事言ってないで、行くよ？」

思わず後退《あとずさ》る要の額をつつくと、アリサは再び身を翻して歩きだす。

「……ああ」

「自動で翻訳されて聞こえる」とか「自動で翻訳されて伝えられる」という可能性を、要は考える。

しかし、そうであるならば喋っているのは互いの言語であり、口の動きには違和感が出るはずだ。だというのにアリサは、要の口の動きは普通に共通語なる言語を喋っている動きだと言う。

まさか日本語がその「共通語」だったというわけではないだろうし、そうなるとこの世界に来た時に要の何かが変化した……のだろうか？

「……違う気もするな」

なんとなく。なんとなくだが、やはり「地球」と「この世界」に来るまでの間に何処《どこ》かに居て、そこで言葉を学んだような……そんな気がした。

それは未《いま》だ思い出せない「姉さん」と関係しているような気がしたが……とりあえず、言葉すら通じないよりは余程良い。

並んでいる無数の看板を眺めながら、要はアリサの後をついていく。

どの看板も読めないし、金銭感覚も未だによく分からない。

この世界で要が生きていくには、あまりにも障害が多すぎる。それでも少しでも何かを得ようとして……要はようやく理解できそうな看板を発見する。

それは樽《たる》に似たジョッキの絵が描いてある看板で、恐らくは酒場なのだろうな……ということくらいは分かる。

その近く……丁度今要の横にある踊っている人を模したかのような看板があるのも見えるが……ダンスホールか何かだろうかと要は考える。

「カナメ、あんまりキョロキョロしてると、おのぼりさんだって思われるよ？」

「うっ……実際おのぼりさんみたいなものだし」

「だとしても、キョロキョロしないの。まったくもう、何がそんなに気になってたの」

言われて要は少し気恥ずかしくなる。確かに、初めて街に出た子供のような動きになっていたのは否定できない。

「いや、まあ。看板を色々見てて……さ。あ、そうだ。其処の踊ってる人みたいな看板って」

「娼館《しょうかん》」

「へ？」

「えっちなお店」

分かりやすく言い直すアリサに見つめられ、要は「あー」と言って視線を逸《そ》らす。

まあ、そういう店だって当然あるだろう。あるだろうが……物凄《ものすご》く気恥ずかしい気持ちになって、要は思わず無言になる。

「行ったらダメだよ」

「い、行かないよ」

「新人冒険者も皆そう言うけど、大体小金を握り締めて騙《だま》されて」

「行かないってば！」

やっぱりそういう店でも騙されるとかあるんだ、とかボッタクリ的なあれだろうか……などと考えたのはさておいて、要は「早く行こう」とアリサの背中を押す。

「こっそり行かないようにね？」

姉さんは許さないよ、とアリサはわざとらしく怒る様子をみせて。

「行かないって言ってるだろ!?」

明らかにからかわれているのが分かるだけに、要は真っ赤になって否定するが、アリサは動かない。

「ちなみに、あっちの看板は似てるけど男娼《だんしょう》の店だからね？」

「聞きたくない。早く行こう」

言いながら要は再度アリサの背中を押すが、やはりアリサは動かない。

「どうしたんだよ、早く行こうって」

「いや、着いたから」

「へ？」

言われて要はキョロキョロと辺りを見回し……何やら人の出入りのある建物がある事に気付く。

看板は「マントを着て歩く人」を記号化したようなマークであり、どうやらこれが冒険者ギルドのマークであるらしい事が理解できる。

「……え、でも。正面の店……」

「娼館だね」

「ええ……？」

冒険者ギルドとは冒険者が依頼の報酬を受け取る場所でもある。

そして報酬を受け取ったばかりの冒険者は気が少しばかり大きくなっており……その上機嫌な所を狙って呼び込み稼いでいるというわけだ。

普通に旅人を呼び込むより成功率が高いとあって、新しい冒険者ギルドの前に娼館が出来る確率は高い。

何処《どこ》に冒険者ギルドが出来るかという情報は高値で売り買いされるというから、どれだけ「楽な商売」なのかは想像できるというものである。

「なんかなあ……もっと武器屋とかさあ」

「こんなとこで武器売ったら危ないじゃない」

「……何か間違ってる」

そう呟《つぶや》く要だが、そんな事を言ったところで世界が変わるわけでもない。

とりあえず絶対に行くもんか……などと決意を固めている最中に、アリサに肩をトンと叩《たた》かれる。

「だから行かないってば」

「その決意は褒めてあげるけど、違うから。ほら、先に入ってカナメ」

「先って……なんで？」

「いいからいいから。ほら、姉さんを信じて？」

嫌な予感しかしないな……と思いながらも、要は言われるままに冒険者ギルドの扉を開けて入る。

いわゆるスイングドアになっている扉は押すだけで簡単に開き、中の光景が要の視界に飛び込んでくる。

広いホールのような室内は真ん中ほどでカウンターによって区切られており、どうやらカウンターから向こう側は職員のスペースらしい事が一見して理解できる。

その奥には上に上がる為《ため》の階段も見えるが、そちらも職員専用のようだ。

つまり客……冒険者はカウンターのこちら側の半分のスペースを行き来するということらしいが、その「冒険者側」の壁には一面に依頼と思《おぼ》しき紙がベタベタと貼り付けてある。

その数は多く、もはやそういう壁紙なのではないかと勘違いしてしまいそうになるほどだ。

相談用か休憩用か分からないが、置かれたテーブルと椅子はいくつか埋まっており、そこに居た先客達の視線がジロリと要へ向けられる。

「うーわ……これかっ」

品定めするような視線はなるほど、あまり気持ちの良いものではない。

後から入ってきたアリサは要の後ろからキョロキョロと室内を見回すと「あんまり人いないなー」などと気楽に呟いている。

……まあ、確かに要の想像していたものとは少し違うだろうか。

もう少し騒がしい場所を想像していたのだが、なんというか……閑散としているし、微妙に薄汚れている。

「ふふ、どう？　冒険者っぽい通過儀礼の一つ、ぶしつけな視線。楽しめた？」

「え、そりゃまあ……なんかそれっぽいとは思ったけど」

「カナメ、冒険者ギルド楽しみにしてたみたいだから。姉さん、ちょっと気を遣ってみました」

微笑《ほほえ》むアリサに、要は苦笑しながらも「ありがとう」と答える。

確かに、今のは冒険者ギルドに来たという感じがバリバリにしていた。

たぶんベテランのアリサと一緒に入っていたら味わえないものだったのだろう。

「ちなみにスカート穿《は》いて入ってたら、別の視線も味わえたと思うよ？」

「……あんまり聞きたくないけど、どんな？」

「えっちな視線」

「それは体験したくないなあ」

「大丈夫、そしたら姉さんがそいつら全員ブッ飛ばしてあげるから」

そんな事を言いながら、アリサは依頼書らしきものの貼ってある壁を指差す。

「とりあえず、壁に貼ってあるの見ていこ」

要はアリサと共に適当な壁の方へ向かおうとするが、突然肩を叩かれ……いや、肩を摑《つか》まれる。ギリギリと力を込めているその手の主は、所々錆《さ》びたチェインメイルを纏《まと》った痩せぎすの男であり……腰の剣も使い古しているのか、骨董品《こっとうひん》じみた色をしているのが分かる。

「ようガキ。いい女連れてるじゃねえか。見せつけてんのか」

「別に見せつけてなんかいないよ。やめてくれる？」

要は男の手を振り払おうとするが、籠《こ》められた力は強く中々振り払えない。

当然だ、相手は荒事に慣れた類の輩《やから》だ。しかしアリサの見ている前でカッコ悪い真似《まね》はできないと要は男と睨《にら》み合い……男はそこで、要の腕輪に視線を向け馬鹿にした笑みを浮かべる。

「弓なんざ持ってやがると思ったら……レクスオールの、しかも最下級《アザル》かよ。どうせマトモなマギノギアも持ってねえんだろ？　雑魚以下のゴミが来てんじゃねえよ」

そう吐き捨て、男は要を突き飛ばす。

「くっ……!?」

転びこそしなかったが、よろけた要を周囲の冒険者が嘲笑《あざわら》う。

「いるんだよなあ、ああいう勘違いした雑魚」

「冒険者なら誰でも出来ると思ってんだよ」

聞こえてくる声に男はまあまあ、と制すると「マギノギア、オン」と唱え……その手に小振りの斧《おの》が現れる。

「見てみろ、俺のマギノギアだ。邪妖精《イヴィルズ》程度なら真っ二つだ……こんな風にな！」

言いながら男は斧を近くの椅子へと振り下ろし、破砕音と共に背もたれを砕く。

「おっと、力みすぎちまったぜ。どうだ、お前のマギノギアにこんな事出来んのかよ？」

「出来なかったら、どうだっていうんだ」

そもそも要はマギノギアを持っていない。それでも精一杯強がって、しかしその強がりを見抜いたかのように男は嘲笑う。

「出来ねえか？　だろうな。ま、お前みたいなの連れてるようじゃ、あの女もたいしたことは……」

たいしたことは無いな、と。そう言おうとした男に、要は思わず摑みかかる。

「お？　なんだゴミ。やるってのか」

「……俺は馬鹿にされてもいい。でも、アリサを馬鹿にするな」

「ハッ、女の前でカッコつけたつもりかよ！」

男は要を突き飛ばそうとして。しかし、要は今度は全く動かない。

「な……っ」

かなり本気でやったはずだ。驚きと共に男は目を見開く。気付けば、自分を掴んでいる要の力も少しずつ上がってきている。淡く輝き始めた要の瞳に魅入られていなければ、胸元で淡く輝くペンダントにも気付いただろうか？

「お前、一体……」

「取り消せ。アリサは俺の恩人なんだ」

「ふ……ふざけんな、このゴミがあああ！」

全力で要を突き飛ばすと、男はマギノギアの斧を振りかぶる。

なんだか分からないがヤバい。そんな恐怖が男から元々あまり無かった冷静さを完全に奪ったのだろう、そうでなければこんな場所でマギノギアを振り回す事などしなかったはずだ。

その場に居た誰もが、要が真っ二つになる光景を想像して。要の手が、ほぼ無意識に振り下ろされる男の斧へと向かう。

「――――」

ぽつり、と。誰にも聞こえない程度の小さな声が、要の口から漏れる。

要すら自分が何と言ったかを認識してはいない。反射のような、衝動のようなその言葉。

要の手が男の斧に触れて。バチン、と。何かが弾けるような音と共に男の手から斧が消える。

「な……え、ああ……？」

何もしていないのに手の中から消えてしまった自分のマギノギアを探して、男はポカンとした顔になる。

「え。あ、あれ？」

マギノギア、オフ。マギノギアを消す為のその詠唱を、男はしていない。だからこそ男は訳が分からないままに叫ぶ。

「て、てめえ！　一体何しやがった、この雑魚ォ！」

「雑魚でゴミなのはアンタでしょ」

そんな声が聞こえてくると共に、要の背後に……今まで何処に行っていたのか、アリサが現れる。その瞬間に、ペンダントから光が消えて……要はハッとしたような顔になる。

「ア、アリサ……？」

「ダメだよ、カナメ。こんなのに好き勝手言わせてたら」

「おい女ァ。お前も何処の誰か知らねえが」

「うっさい雑魚。死なない程度に死ね」

「おぶぅふっ！」

問答無用とばかりに、男の股間にアリサの靴が突き刺さる。

「ひえっ」

要だけでなく、あちこちから悲鳴が湧き上がるのも無理はない。男にとってはあまりにも致命的な攻撃に要も思わず股間を押さえそうになるが……アリサはへなへなと崩れて蹲《うずくま》る男を見下ろしてフンと鼻を鳴らす。

「ったく、馬鹿はすぐマギノギアを振り回すんだから。それしか威張るもんがないのかなあ？」

そのマギノギアを、自分は持ってすらいない。そんな事を考えていた要の表情に気付いて、アリサは要の背を優しく叩く。

「大丈夫だよ、カナメ。マギノギアなんかで人生は決まらない。私が保証する」

「……ああ。ありがとう、アリサ」

それでも欲しいな、と。要はそう思ってしまう。そうすればきっと、こんな想いをすることもないだろうにと思うのだ。けれど、要はそれを口にしない。

「あ、それと！　次私の弟に絡んだら、こんなもんじゃすまないからね⁉」

何度か蹴りを入れるとようやく満足したのか、アリサは最後に強く蹴って男を床に転がす。

「そういえばカナメ、さっき何かした？」

「え？」

「なんかこのバカの斧が一瞬で消えたような……」

言いかけて、アリサは要のきょとんとした顔を見て「やっぱりいいや」と笑う。

マギノギアを消す。そんな技や魔法があるはずもないし、要の今の魔力で出来るともアリサには思えない。ならば勘違いだったのだろうと、そう結論づけたのだ。

「何か、したのかな俺。カッとして、あんまり覚えてなくて」

「たぶん何もしてないよ。さ、依頼書見に行くよカナメ」

観衆は要よりも転がって痙攣《けいれん》している男の方が面白いようで、すでに彼等《かれら》の視線は要から外れてしまっている。ならば丁度いいと要はアリサを追おうとして……キンッ、と。一瞬、ペンダントが淡く輝いた事に気付く。

「え？」

一体何が。すでに元の状態に戻っているペンダントを握りしめた要は、自分に向けられた強い視線に気付く。

「……やっぱり防いだわね。でもいいわ。それならそれで、やりようがあるもの」

そこに立っていたのは、銀色の髪の少女。美しい金色の目に敵意を乗せ要を見ていた少女は……しかし、要の眼前でその姿を掻《か》き消す。

「え……あれ？」

居なくなった。最初から誰も居なかったかのように、少女の姿は消えてしまっている。

「今のは……」

「カナメー、どうしたの？　こっちに来なよ」

「あ……ああ」

今の少女は誰だったのだろうか？　何をしていたのだろうか？

分からないままに、要はアリサの下へと走っていく。

そんな二人を視線で追っていた他の冒険者達は床に転がる男を嘲笑いながら、今の小競り合いについて話し始める。

「やっぱりさっきのは何かの武術だと思うぜ。斧を打撃で吹っ飛ばしたんだ」

「いやいや、あのバカが途中でビビってマギノギアを引っ込めたんだよ」

「ま、そうかもな。吹っ飛ばしたんなら天井に刺さっててもおかしくは……」

そう言いかけた冒険者の男は天井をふと見上げ……「ん？」と疑問の声をあげる。

「……あんなとこに、あんなもん刺さってたか……？」

冒険者ギルドの天井に刺さった、一本の赤い矢。

そんな事もあるだろうかとすぐに興味を失ってしまったが故に、誰も気付かない。

その矢が、たった今出来たばかりのような真新しい輝きを放っていた事に。

そして、僅かな魔力がその矢から放たれていた事に。

誰も気付かない。今は、誰も。

☆★☆

依頼書らしきものが貼られた壁に辿《たど》り着くと、やはりそういうデザインではなく依頼書の群れのようで、要は思わず感嘆の声をあげる。

「凄《すご》いなあ……こんなに依頼があるんだな」

「内容読めたら、そんな夢のある事は言えないだろうねえ」

「ええ……そうなのか？」

「そだよ。現実は結構しょっぱいものなの」

「……しょっぱいのか」

「しょっぱいよー。凄くしょっぱい。塩の味だね」

「なら、えーと……こっちは自由依頼なんだろ？　仲介依頼の方が良くないか？」

「別にそれでもいいけど、時間かかるよ？」

「時間？」

「説明してなかったっけ」

そう言うと、アリサは依頼書から目を離す。

「んーとね、仲介依頼っていうのは言ってみれば『絶対に解決してほしい』依頼なわけ。当然難易度は高いし、色々と面倒な手段が必要になることもあるんだけど……ま、今回みたいなカナメの練習には合わないってのだけ理解してくれればいいかな？」

「練習、か」

「そ、練習。まずは何か討伐する系がいいと思うんだよねえ」

確かに練習は重要だと要も思う。ヴーン退治の時にアリサに無様な姿を見せてしまったのは記憶に新しい。次はもう少しカッコ良い所を見せたいと思うのは、当然の心理だろう。

（とはいえ……やっぱり読めないな）

壁に貼られている依頼書は、条件などの文字が書かれているだろう事は想像できるのだが、何と書いてあるかはやはり分からない。

それでも少しは覚えられたりはしないだろうかと、アリサの視線を追うようにして要は依頼書を眺める。

「何か良いのはあるのか？」

「んー……草むしりに家の掃除、害虫駆除……中々良いのはないね」

「平和なのかな」

「かもね。此処《ここ》ってこの辺りじゃ大きな街だけど、それでもやっぱり田舎だし」

「そうなのか？」

「そうだよ。王国でも端っこの方だし、かといって国境線の街ってわけでもないしね」

国境線の街である場合、国防上の理由で国から兵士が派遣されたり、商人の行き来が激しくなったりするのだが、この街は単に田舎なだけである。将来的な展望はあまり無く、それでもなんとかやっている感じの街でもあった。

「あ、そういえば」

「ん？　どしたの、カナメ」

「あ、いや」

要が思い出したのは、アリサが言っていた「怪しい依頼」の事だ。

嫁取りがどうとか婿取りがどうとか、そういう貞操が危険系の依頼の事である。

「……なんでもない」

要が視線を逸《そ》らすと、アリサが回り込んできて要を下から見上げてくる。

「なんでもない事ないでしょ。言ってみなよ？」

真面目な表情で言われて、要は「あー、ほら。アレ」と口にする。

「なんか嫁取りがどうとかいう……」

要の言葉にアリサはキョトンとした顔を見せた後「あー！」と笑う。

「アレかあ。あはは！　此処にはないんじゃないかな？　探す？」

「いや、いいよわざわざ……」

「ふふ、そう？」

からかうように身体《からだ》を寄せてくるアリサに、要は視線を逸らし誤魔化《ごまか》すように読めもしない依頼書を眺め……ふと「あれっ」と声をあげる。

牛の串焼き、と。明らかに日本語ではない言語で書かれている依頼書が目に入ったのだ。

その単語以外は全く読めないのだが……何故《なぜ》だろうと悩む要の視線の先を追ったアリサが「研究助手？　古代の本の翻訳とか、また妙な……上記の文字読める人？　読めないし」と呟《つぶや》いている。

「上記の文字？」

「うん、そこに何か記号みたいなのあるでしょ？」

言いながらアリサが指し示したのは、丁度要が読める部分だった。

「え、俺……読めるっぽいけど」

「ええ？　ほんと？」

「ああ。牛のもがっ」

「おっと、ダメダメ。読める人が条件なんだから。聞きつけた変なのが依頼主のとこ行ったら困るでしょ？」

「ご、ごめん」

謝る要にアリサは頷《うなず》き「ふーん、古代語がねえ」と呟く。

「意外とカナメ、昔の人だったりしてね。あははっ」

そんな事を言うアリサに「まさか」と要も笑うが……再度「まさか」と思う。

日本から古代の異世界に行って、そこから現代の異世界とか……流石《さすが》に、そんな事は無いだろう。

「んー……あ、邪妖精《イヴィルズ》の退治ってのがあるね。こんなもんをこっちに混ぜるかな普通……」

「邪妖精《イヴィルズ》？」

アリサが指した依頼書を見ても要にはやはり読めないのだが、邪妖精《イヴィルズ》というのが何か分からず要はアリサにそう問いかける。

「んー、『かつての戦い』の時に現れたっていう連中かな。ゼルフェクトの配下だって言われてる」

「……ゼルフェクト」

そういえば神殿でもそれに関する壁画があったと要は思い出す。

「なあ、ゼルフェクトって」

「後で説明したげる。んー……提示してる報酬は悪くない。紙は……まだ新しいか」

「新しいと何かあるのか？」

「状況が悪化してないって事。紙が古くなってると、放置されて状況が悪化してる可能性があるから」

「あ、なるほど」

解決されないまま放置されているということは、生き物であれば増えるし何かの現象であれば状況が進んでいる事だってあるだろう。そういうものを選ぶのは、自分で難易度を上げる事に繋《つな》がってしまうというわけだ。

「じゃ、これにしよっか」

壁から紙を剝《は》がすと、アリサはそれをクルクルと丸めて懐に仕舞《しま》う。

「あ、それだけでいいのか？」

「うん、これで受領完了。あとはこっちの自由ってわけ。しないけど、こっそり何処《どこ》かに捨ててもオーケー」

「……ホントに？」

「ホントだよ？　そういうのをやられたくなかったら仲介依頼にすればいいんだから」

仲介料取られるけどね、と言うアリサに要は思わず世知辛さを感じてしまう。

しかしまあ、そういうものなのだろう。

「それじゃあ、何か買って宿に戻ろっか。とはいえ、串焼きは今日はもう食べたしね。何にしようか……」

「アリサのオススメでいいと思うけど」

「そう？　とはいえ、私もこの辺詳しくないしなあ」

言いながら要とアリサは冒険者ギルドを出る。先程アリサに股間を蹴りぬかれた可哀想《かわいそう》な男の姿は何処にもなく、しかし気にする事もない。

日も暮れ始めた外へ出ると先程の娼館《しょうかん》や酒場の窓に明かりが灯《とも》り、これからが本番という雰囲気を放っているのがよく分かる。道の端には幾つか露店も出ていて、やはり焼き物の屋台が多いようだった。

「こういうところに出てる露店って」

「冒険者向け。質の割に高いけど、腹にはたまるやつ」

「あー……」

安かろう悪かろう。そんな言葉が要の頭の中に浮かぶ。

「でも俺はそれでもいいけど。俺が持ってるお金ってあんまり痛っ」

アリサから頭に手刀をくらい、要の台詞《せりふ》は無理矢理《むりやり》中断させられる。

「無駄に遠慮するの禁止。私が好きでカナメの面倒見てるんだから」

「いや、でも。なんかヒモみたいで良くないし」

「ヒモ？　紐《ひも》が何の関係があるの？」

「え、女の人になんでも世話になってる男のことなんだけど」

「だから、それと紐に何の関係があるの？」

「……そういえばなんでだろ」

「自分でも分かんない言葉を使わないの」

軽くペシッと叩《たた》かれて要は思わず「う、ごめん」と謝ってしまう。

「でも、こっちにはそういう言葉ないんだな」

「ないねえ。余所《よそ》で言っても連合方言とか思われるかな？」

「連合方言？」

「あっちは妙な風習多いから。今の王様のせいらしいけど」

言いながら、アリサは鼻をヒクつかせる。

「あー、ほら。今香ってきてるやつもそうかな」

「え？　これって……カレー？」

「あ、知ってるの？　てことはカナメってやっぱり連合の方の生まれじゃない？」

「いや、そういうのじゃなくて。こっちにもカレーがあるんだな」

「こっちも何も……カレーはカレーじゃない？　なんか辛くて茶色いスープ」

首を傾《かし》げるアリサに、要は間違いなくカレーだろうと察する。

「連合の風習ってあんまり好まれないんだけど、あのカレーとかいうのは結構こっちにも根付いたかな？」

「行ってみよう！」

「えー？」

アリサの手を引いて要はカレーの香りを追い走る。そうして辿《たど》り着いた先の広場にあったのは、色々な屋台が並ぶ中で一際強い香りを放つ一つの屋台だった。

鍋で何かを煮込んでいるその屋台から木の器を受け取り飲んでいた男の……その器に入っているものは、要の知るカレーよりは大分サラサラとした雰囲気の、恐らくはスープカレーと呼ばれるような類のものであった。

「……やっぱりカレーだ」

「なんか今の連合の王様が作ったらしいよ。よく知らないけど」

「ど、どんな人なんだ？」

「んー、確かトゥーロ……だったかな。こっちだと破壊皇トゥーロ、連合だと英雄皇トゥーロって呼ばれてる」

今の王様、というよりは初代の統治者であり初代皇王《こうおう》であると表現するのが正しい。

破壊皇トゥーロ。突如歴史にその名を刻んだ彼は、当時その場所にあった中小国家を纏《まと》め上げ自らが先頭に立って、カナメが現在居る王国……ラナン王国と隣国であるラーゼルク帝国の領土を瞬く間に切り取り、二国に比肩する程の大国家、ジパン皇国を築き上げたのだ。

「聞いた話だと、アルハザールの上級《セラト》らしいよ」

戦いに向いた神の祝福であり、上級《セラト》。これは世界最強の個人の証明であり、トゥーロが間違いなくその中の一人であるとされる理由である。

「これに並ぶのは、この国の王様……アトラスの上級《セラト》だとか、帝国の魔導帝ザラームとかもディオスの上級《セラト》らしいし。あとはルシェル聖国の聖人ガドロムはルヴェルの上級《セラト》って聞いた事あるかな」

「えっと……それって凄《すご》いんだよな」

「超凄いよ。トゥーロなんて、自分は最上級《アーク》だって吹いてるらしいし。ま、実際無茶苦茶《むちゃくちゃ》強いらしいけどね」

「ふーん……」

「あ、そういえばトゥーロもカナメと同じ髪の色だって聞いた事あるよ」

それを聞いて、要はなんとも複雑そうな顔で頷《うなず》く。

そんな破壊皇だとか呼ばれているような人と一緒にされたくはないのだ。

「でも、その人がカレーを……」

「こだわるねえ」

「ひょっとしたら、俺と同じ世界の出身かもしれないと思ってさ」

ジパン皇国という名前からして、ジャパンの意味なのではないかと要は思う。

「ふーん？　トゥーロがねえ。でも、会うのはちょっと難しいかなあ」

「王様だしな」

「王様じゃなくて皇王様だね。流石にその辺のツテはもうちょっと頑張らないと無理かな」

少し申し訳なさそうにアリサは言うが、要としても別に会いたいわけではない。元の世界には然程《さほど》興味もないし、そのトゥーロとかいうのが同じ地球人だとしても、あまり話が合いそうだとは思えなかった。

「いや、別に会いたいわけじゃないよ」

「そう？　無理してない？」

「してない。アリサと一緒にいる方が、俺は楽しいし」

要がそう答えると、アリサは少しキョトンとした後に微笑《ほほえ》みながら要を抱きしめる。

「うんうん、嬉《うれ》しい事言ってくれるなあ。それで、どうする？　夕食、あのカレーにする？」

「ん……どうしようかな」

つい驚いてやってきてしまったが、どうしてもカレーが食べたいというわけでもなかった。

「アリサはあれ、好きなのか？」

「嫌いではないかなあ、水が飲みたくなるけど。あと汗かく」

「あー……」

「ま、いいか。健康に良いって触れ込みらしいし。カナメも知ってるなら安心して食べられるだろうしね」

「そ、うだな」

頷くカナメを連れて、アリサは屋台の主人にカレーを二つ注文する。

木の器に入ったカレーはやはりスープカレーのようで、小さく切られた人参《にんじん》らしきものと何かの肉らしきもの……あとはよく分からない刻んだ野菜が入れてある。

おそるおそるといった感じで、要は器を口元へと運びゴクリと飲み込んで。

「……うん、カレーだ」

一口飲んで、要はそう評する。スープカレーの類を要は今までの人生で飲んだ事は無いのだが、その味は間違いなくカレーだった。

「あー、やっぱ辛いなあ」

「……ひょっとして、辛いの苦手？」

「嫌いじゃないよ。うー、辛い」

それって苦手なんじゃないかな……と思う要を余所に、アリサは別の屋台で果物ジュースを買って飲んでいた。

破壊皇トゥーロ。その名前はカレーの味と共に要の中に強く刻まれたが……やはり会いたいとは思わなかったのだった。

第三章　弓神の目覚め

その夜、要《かなめ》は夢を見た。

何もない空間で、要は宙に浮かぶように漂っていた。

空に浮かぶ月は……しかし、月ではない。

輝くそれは、弓。歪《いびつ》に欠けた月のような……黄金の弓。

要のペンダントに似ていて……いや、要のペンダントがあの弓に似ているのだろうか？

手に取ってみようと手を伸ばすと、黄金の弓は待ちかねたように要の手の中へと降りてくる。

しっくりと馴染《なじ》む。なんとなくそう感じ取った要は、引いてみようと考えて。

しかし、矢がない事に気付く。矢が無ければ弓は引いても意味がない。

なら、その矢は何処《どこ》に。探す要の頭の中に、一つの単語が浮かび上がる。

クレスタ。

矢が欲しいなら、そう唱《とな》えればいい。何故《なぜ》なら、それが……。

それが、何か。それを理解するその直前に、要の意識は夢の世界から旅立っていった。

そして、朝。要は少し寝不足の頭を軽く振り、ベッドから身体《からだ》を起こす。気になる女の子が横に寝ていたせいだが……それでも何とか寝ようとして、上手《うま》くいかずに寝不足である。

「おはようカナメ。お寝坊さんだね？」

目が覚めた先には、その原因……宿で提供されているダボついたフリーサイズの寝巻を着ているアリサの姿がある。

要を男として認識していないのか、認識していても問題ないと思っているのかは要には分からないのだが、アリサの態度は恐ろしいくらいに普通だった。

「あ、あー……うん。おはようアリサ」

「朝のパンとスープ、届いてたよ。カナメの分は机に置いてあるから」

言われてそちらを向くと、空になった器と……スープの入っている器、そして丸パンが一個載った皿があるのが見える。

「あんまり美味《おい》しくはないけど、こんなもんだから」

「いや、まあ……アリサは美味しいのを食べた事、あるのか？」

「王都の方だと食事をウリにしてるとこもあるよ。こっちでもそういうの売り文句にしてたとこ、あったでしょ？」

「あー、そういえばあったような」

「此処《ここ》はそういうのは特に無いみたいだけど。ま、静かなのはいいかな」

言われて要は昨晩静かだった事を思い出しながら机の前に行き、スープを飲む。具のあまり無い塩スープのようで、しかし目の覚める丁度良い塩加減ではあった。

「そういう立地なのかな？」

「かもね。ま、どうでもいいけど」

微妙に硬い丸パンを齧《かじ》っていた要は、後ろから聞こえてくるカチャカチャという音に振り返り……アリサが着替えているのに気付き、慌てて目を背ける。

「ちょ、ちょっとアリサ！　着替えるなら出てくから言ってくれよ！」

「何を今更。昨日だってそうだったでしょうが」

「だから言ってるんだよ……！」

そう、昨日もアリサは要の見ている前で着替えようとして、要は慌てて後ろを向いたのだ。

「そういうの気にしてたら一人前になれないよー……って言いたいとこだけど。流石《さすが》に相手と状況は選んでるよ？」

「選んでるって」

「カナメはそういうの安心かなー、と思ってたけど。違うの？」

「う……それは、まあ」

そう言われてしまうと「自分は危険な男だ」とか言えるはずもない。

「でしょ？　姉さんはカナメを信頼してるから大丈夫……っと」

アリサは手早く着替えると「よしっ」と声をあげる。

「よしっ、じゃないよもう……」

思わず要はそう呟《つぶや》いてしまうが、そんな要の背後にアリサが忍び寄り抱きしめる。

「なに、もう！　着替え見たかった？　ダメだぞう！」

「うわっ、ちょ……アリサ！」

「姉さんはねー、カナメには清く正しく生きてほしいなあ！」

「……昨日俺を女湯に入れようとしたとは思えない言葉だよな」

「お、言うじゃない！」

くすぐり始めるアリサに要は抵抗するが、逃げ切れるはずもない。

ジタバタとベッドの上で暴れながら、やがて笑いつかれた要からアリサはサッと離れて立ち上がる。

「さて、と。カナメも食べたら準備してね。今日はまた森に行くから」

「ぜえぜえ……あ、ああ」

そう、昨日受けた依頼は邪妖精《イヴィルズ》の討伐。要達が昨日抜けてきた森の中に居るそれを倒す……というのが、昨夜アリサに説明された依頼の趣旨だった。

「どうにも、この街の木こりが邪妖精《イヴィルズ》を見たみたいでね。邪妖精《イヴィルズ》については昨日説明したっけ？」

「いや、聞いてない。それとゼルフェクトの事も……」

「そうだっけか」

アリサは肩をすくめると「じゃあ簡単にね」と切り出す。

まず邪妖精《イヴィルズ》。これは破壊神ゼルフェクトの生み出した配下と言われる種族だ。

種族とはいっても分類上はモンスターであり、外見的には緑色の肌を持つ小男といった風体だ。独自の文化を持っており、他のモンスター同様にある日突然何処かから湧いて出る。

その時点ではたいした何かが出来るわけでもないが、数が集まると集落を作り武器や防具を作るようになる。

どういう生態かは分からないが雌がいないようなので、繁殖することはないが……それでも充分すぎる脅威と言えるだろう。

「いや、ちょっと待って。そのモンスターが湧いて出るってのは何？」

「何って、モンスターは突然湧いて出るものじゃない。主にゼルフェクトのせいだって言われてるけど。ダンジョンもそうだけど」

「……ごめん、そこからもう分からない」

「そうなの？」

頭を抱える要にアリサは「んー」と言いながら唇に指をあて、悩むように天井を見上げる。

「じゃあ、ゼルフェクトからかなあ」

ゼルフェクト。破壊神ゼルフェクト。それは神々と全人類の連合軍と、「かつての戦い」で戦ったと伝えられる邪悪なる存在だ。

そう、それは遥《はる》か昔としか言いようがない程の遠い時代。

この地上に神の威光が今より満ちていた時代の話。

世界に突如現れた破壊神ゼルフェクトとその眷属《けんぞく》が全ての生命体を滅ぼすべく動き出し、これを神々が討ち果たした。

ゼルフェクトは砕かれ無数の欠片《かけら》となっても未《いま》だ力を失ってはおらず、しかし神々は力のほとんどを使い果たしていた。

それ故に神々はゼルフェクトの欠片を地中深くへ封印し、天上の世界へと帰っていった。

だが……そうなってもゼルフェクトの欠片はその破壊の意思を捨てず、復活を夢見ている。

それがモンスターを生み出す「ダンジョン」であり、あるいは世界中に現れるモンスターであるとされているのだ。

そしてモンスター達は例外なく世界の敵であり、仲良くなったなどという事例は一つとして存在しない。互いに滅ぼし合う、そんな関係なのだ。

「その一種が邪妖精《イヴィルズ》ってわけ。理解できた？」

「……なんとなく」

「それで良し。別に神官の登用試験じゃないしね。で、モンスターは大きく上級《セラト》、中級《ミルズ》、下級《デルム》に分けられてるんだけど。これはあくまで分類上の問題で、上級《セラト》認定されたモンスターどころか、中級《ミルズ》認定されたモンスターもあんまり居ないかな」

たとえば邪妖精《イヴィルズ》の場合、他の階級に分類されるモンスターが存在しない。

最強のモンスターの一角とされるドラゴンの場合は下層で「それまでドラゴンとされていたもの」より強力なものが出現した為《ため》、それまでドラゴンとされていたものを下級《デルム》認定したりもしている。

「分かった？」

「ん、っと……まあ。要は邪妖精《イヴィルズ》ってのは一種類しか居ないんだよな？」

「持ってる武器の種類で戦い方は変わるけどね。まあ、湧き始めなら大した数も居ないし。度胸付けるのにはいいと思うよ？」

「……なるほど」

言いながら、要は部屋の隅に置いた弓と矢筒に視線を向ける。まともに使ったこともない武器だが、不思議と使い方は理解できる。たぶんいけるだろうと、そんな根拠のない自信があった。

ひょっとするとだが、それが「レクスオールの力」であるのかもしれなかった。

だとすると、アリサに少しは頼りになる男である事を見せられるかもしれない。

「今度こそは、いいところ見せるよ」

「お、どうしたのカナメ。姉さんを惚《ほ》れさせる気かな？　今日一緒に寝る？」

「ち、違うから！」

「あはは、それじゃあさっさと食べて着替えて、出かけるよ！」

「ああ！」

そう力強く答えると、要は弓を強く握る。

アリサの役に立ってみせる。そう、強く思いながら。

☆★☆

そうして街を出ると、すぐに森が見えてくる。

外から眺めると中々に広大な森で、何処《どこ》まで続いているものか要には想像すらできない。

「……でっかい森だよな」

「そりゃまあ、この森って帝国の国境を越えて続く大森林だし」

「そうなのか？」

「そうだよ。まあ、帝国との国境はもうちょい先の街の方が近いし、此処は単なるド田舎だけど」

「田舎ってやけに言うよな……アリサは都会の出身なのか？」

「いや？　私の生まれはもっと田舎。でも冒険者始めてからは王都暮らしが長いかな。今回も依頼絡みでこっちに来たんだけど……あー、そっちは無駄足だったなあ」

嫌そうな顔をするアリサだが、要が何とも言えない表情をしているのを見て、森を指差す。

「この森の奥の方にね？　小さい村があるの。そこの村長が依頼主だったんだけど……依頼書には景気のいい事書いといて、実際来てみたらもう、渋る渋る。ムカついたから帰ってきたんだけど……カナメと会ったのはその帰りってわけ」

「へ、へえ……ちなみにどんな依頼だったんだ？」

「ヴーン退治。だからひょっとすると、あの時のヴーンがそうだったかもね？」

損したなあ、と呟いているアリサに要は曖昧に頷《うなず》く。

「でも、そうすると同じ森の中にヴーンと邪妖精《イヴィルズ》が出たのか」

「それ自体は珍しい事じゃないかな、大きい森だし」

「あ、そうだよな……まあ、分かんないけど」

「それじゃ行こっか、カナメ。準備はいい？」

森の入り口に立ち問いかけてくるアリサに、要は頷き弓を強く握る。

（……大丈夫、やれる）

そう自分に言い聞かせ、要は森の奥を見据えアリサの後をついて歩き出す。

「そう気張る事も無いよ。といっても、気を抜いてもいいわけじゃないけど。適度な警戒心を持つのが一番大事」

「え、そう……なのか？」

「そうだよ。探索は長丁場、油断は死に繋《つな》がるけど、警戒し過ぎも死に繋がる。そういう調整が出来ない奴《やつ》は長生きしないから」

それは、単純な話だ。探索とは何処に目的のものがあるのか、そもそも本当にあるのかも分からないままに行うものだ。

その道中には罠《わな》があるかもしれないし、モンスターや盗賊の類がいるかもしれない。

しかしそれを警戒し過ぎて進めば、何処かで必ず集中力が途切れる。

それは、その時点での死を約束するものだ。故に「適度」な警戒を長く続ける事こそが最適解となる。

「難しいな……」

「こればっかりは経験かなー。あと身体強化が強い奴は疲れにくいよ。魔力でその辺り補強するからね」

「ズルいなあ」

「こればっかりは才能かなー。でもまあ、カナメの事は私が守ってあげるから」

そんな冗談じみたやり取りをしながら、要とアリサは森の奥へと進んでいく。

鳥の一羽すら見かけない森は静かで……しかし、アリサは草を掻《か》き分け森を進む度に険しい表情になっていく。

　そして、ついにはその足を止めてしまう。

「……おかしい」

「え？　何かあったか？」

「何も無いよ。だからおかしい」

　言っている意味が分からず、要はアリサの言葉の意味を理解しようとアリサの言葉を反《はん》芻《すう》する。

　何も無い。だからおかしい。何も無いならおかしくないはずなのだが、一体どういうことなのか。

「あー……もしかして、依頼内容の邪妖精《イヴィルズ》を見たってのが勘違いだったとか？」

「そうだったら平和なんだけどね……これはひょっとすると、ヤバいかも」

　油断なく辺りを見回していたアリサは、突然振り向き剣を振るう。

　キイン、という音と共に弾《はじ》いたそれは、一本の矢。

「カナメ！　全周、たぶん十匹以上！」

「え……っ」

　慌てて要は弓に矢を番《つが》え、目に力を込めるようにして周囲を見回す。

　すると、確かに居るのを感じた。アリサの言うように、十匹を超える「色」が、森の中にある。そして、それに混ざって「色がもっと濃くて大きい何か」が居るようにも見えた。

「アリサ！　何か一匹だけ別のがいるような気が……！」

それを最後までアリサに伝える前に、何かが出てくる音が響く。

背の高い草の間から、木の上から。ガサガサと音をたてて緑色の肌の耳の長い小男達が現れる。

邪妖精《イヴィルズ》。アリサから聞いていた特徴そのままの武装をした邪妖精《イヴィルズ》達が、要とアリサの行く手を阻んでいた。

「覚悟決めてね、カナメ！　いくよ……跳躍《ジャンプ》！」

アリサは跳躍《ジャンプ》の魔法を唱《とな》え、手近な邪妖精《イヴィルズ》の乗っている木へと跳び、その幹を思い切り蹴る。

然程《さほど》立派でもなかった木はアリサの魔力を籠《こ》めた蹴りを受けてメキメキと折れ、乗っていた弓持ちの邪妖精《イヴィルズ》を地面へと叩《たた》き落とす。

そして跳んだアリサはそのままの勢いで地上に居た邪妖精《イヴィルズ》を蹴り飛ばし、その場に着地して襲い掛かってきた別の邪妖精《イヴィルズ》を長剣の一閃《いっせん》で斬り飛ばす。

「凄《すご》い……でも俺だって！」

アリサの獅子奮迅《ししふんじん》の活躍に呆然《ぼうぜん》としていた木の上の一匹を狙い、要は矢を放つ。

まるで熟練の狩人《かりゅうど》のように手慣れた動きで放たれた矢は邪妖精《イヴィルズ》の頭を穿《うが》ち、悲鳴もあげさせぬままに地面へと叩き落とす。

「よし、いける……！」

流れるように矢筒から矢を取り出し、放つ。その度に邪妖精《イヴィルズ》達は木から落ちていき、要の視認できる範囲からは木の上の邪妖精《イヴィルズ》は居なくなる。

（これが、レクスオールの力……）

使ったこともない弓をこれほどまでに上手《うま》く扱える事に驚きながらも、要は矢筒に手を伸ばす。

視線の向こうでは、どうやら増援らしい邪妖精《イヴィルズ》とアリサが戦っている。そちらを援護しようとして……しかしその瞬間、要は背筋にゾクリとした悪寒を感じる。

「ウボァ」

そんな声と、木をメキメキと薙《な》ぎ倒す音。右方から聞こえてきたその音に要が振り向いた先。

そこには、要の二倍以上は背の高い灰色の巨人が居た。

「え、な……」

「ゴオオオオオ！」

「まさか、こいつ……！」

あの「一つだけ違う何か」の正体なのか、と。そう直感しながら要は弓を構える。

しかし、矢を番えるのが間に合わない。

要を視認するなり猛スピードで突っ込んでくる灰色の巨人の棍棒《こんぼう》に弾き飛ばされ、要は背後の木を薙ぎ倒しながら地面に倒れる。

「ぐ、が、は……っ」

「カナメ⁉　そんな……下級灰色巨人《デルム・グレイゼルト》⁉　なんでそんなもんが此処《ここ》に……！」

「ウボァ」

邪妖精《イヴィルズ》を斬り倒すアリサの近くにも、木を薙ぎ倒しながら新手の下級灰色巨人《デルム・グレイゼルト》が現れる。

その筋骨隆々の巨体は、当然ながら邪妖精《イヴィルズ》のように一撃で斬り倒せるようなものではない。

「くっ……カナメ！　立って！　なんとかこっちまで……！」

下級灰色巨人《デルム・グレイゼルト》の攻撃を回避しながらアリサは叫ぶ。

要を庇《かば》いながら戦える相手ではない。要を気にしないのであればどうとでもやりようはあるが……その選択を選ぶ程、アリサは要を嫌いではなかった。

となると、アリサが要を連れて逃げるしか方法は無い。

しかし、この場からアリサが跳躍《ジャンプ》で逃げるのを許してくれるかは分からない。

そもそも跳躍《ジャンプ》での移動はそんなに融通が利くわけでもない。上手くいくかどうかは、かなりの賭けだった。

「ゴオオオオオ！」

「この……っ、調子のんなよクソ巨人《ゼルト》！」

アリサは再度の下級灰色巨人《デルム・グレイゼルト》の攻撃から逃れると、長剣を鞘《さや》へと納め右手を前へと突き出す。

「マギノギア、オン……！」

その言葉と同時に、光が溢《あふ》れ出る。僅か一瞬の後に大剣の形をとったソレを掴《つか》み取《と》り、アリサは下級灰色巨人《デルム・グレイゼルト》の蹴りを転がり避《よ》ける。

「すぐに決着をつける……カナメ、生きててよ⁉」

そんなアリサの願いとは裏腹に、要は吹き飛ばされた先で意識を失いかけていた。

当然だ。あんな巨人の振るう棍棒で弾き飛ばされ、木をへし折りながら転がったのだ。骨は折れているだろうし、身体《からだ》中の痛みのせいでもう何処が痛いのかも分からない。

たぶん弓はまだ手に持ったままだが、動かす事すらも出来ない。

ズン、ズン、と。音をたてて歩いてくる下級灰色巨人《デルム・グレイゼルト》の視線は、要に固定されている。
逃がす気が無いんだ、と。確実に殺す気なんだ、と。要はそう思う。
（俺、死ぬのか……？　こんな、ところで……）
涙が、零《こぼ》れた。
まだ、何もしていない。
まだ、何も出来ていない。
折角《せっかく》、自分が自分として生きていてもいい世界に来られて。
なのに今、こうして殺されようとしている。
馬鹿にされたまま、蔑まれたまま。結局、何者にもなれないままに。
アリサにも、もう会えなくなってしまう。
「……いや、だ」
嫌だ、嫌だ嫌だ嫌だ。絶対に嫌だ。そんなものは認められない、認めたくない。
溢《あふ》れる感情はしかし、身体を動かす力にはならない。
肉体を凌駕《りょうが》する精神なんてものはこの世には存在せず。
要の身体は、指一本動かない。
下級灰色巨人《デルム・グレイゼルト》が迫る。

ゆっくりと、嬲《なぶ》るように。下衆《げす》の笑みを浮かべて、棍棒を振り上げて。

「嫌だ……！」

要の身体から、弱々しく……しかし、確かに光が溢れ出る。

下級灰色巨人《デルム・グレイゼルト》の棍棒が振り下ろされた、その瞬間。

要は転がるようにして、その場から離脱していた。

「ゴウウッ!?」

動けなかったはずの獲物が動いた。その事実に下級灰色巨人《デルム・グレイゼルト》は驚愕《きょうがく》した。

動かなかったはずの身体が動いた。その事実に要は驚愕した。そして同時に、気付く。

身体の中でバラバラになっていたピースが嵌《はま》っていくかのように。

電源の落ちていた機械に電気が通って動き出すように。

要の中に何かが……いや、魔力が目覚めていく感覚。要はそれを、誰に教えられずとも
「そう」だと自覚した。

いや……自覚、というのも違うかもしれない。まるで今まで忘れていたものを思い出す
かのような、そんな感覚。どうすればいいのか、どう使えばいいのかが明確に理解できる。

そう、この魔力という力を使ってどう戦えばいいのか……要の中にある「魔法」の使い
方が、浮かんでくる。

今朝、見たあの夢が。夢の中で聞いた言葉が、明確に形になる。

クレスタ。ただの言葉でしかない「それ」を、明確なイメージと共に要は紡ぐ。

「矢作成《クレスタ》」

そう、唱える。

矢作成《クレスタ》。かつては弓の神レクスオールが使った……そして今はこの世界で、いや……あらゆる世界で要にのみ許された、神の魔法にして権能。

それは自らの魔力によって世界の欠片《かけら》を摑み取り、掌握し自らの力に変える魔法。

風を摑んだならば矢作成《クレスタ》は風の力を持つ矢を作り出し、火を摑んだならば火の力を持つ矢を作り出す。

その魔法は物理、非物理を問わず掌握できないものはなく、要が望むのであれば……摑む事の叶《かな》わぬものですらも摑み取り変換する。

その凶悪な性質故に失われた神々の時代においてレクスオールをアルハザールと並ぶ荒ぶる戦神と言わしめた、その魔法で……要は、風を摑み取る。そして、その「目」が、下級灰色巨人《デルム・グレイゼルト》をしっかりと見据え輝く。

今の要には、しっかりと見えている。何処《どこ》を狙えば一番効くのか。魔力の流れとも呼ぶべき「それ」が、見えているのだ。

それは権能でこそないが、レクスオールの持っていた稀有《けう》なる才能。過去より現在に至るまで、レクスオールと要の二人にしか許されない魔眼。

魔力を視覚として捉え、使いこなせば魔力の強さ、位置……そして距離や弱点と呼べる箇所まで把握するに至る神眼とも呼ぶべきもの。

すなわち弓神の魔眼が、下級灰色巨人《デルム・グレイゼルト》を捉え逃がさない。

「風爆の矢《ダムウインアロー》」

その手の中に、一本の矢が現れる。その矢から放たれる魔力に下級灰色巨人《デルム・グレイゼルト》は怯《ひる》み……

しかし、先程は追い詰めた獲物だと要目掛けて走る。

しかし、それは間違いだった。それを選んだ時点で、下級灰色巨人《デルム・グレイゼルト》の運命は決まってしまった。

要の手から、弓から放たれた風爆の矢《ダムウインアロー》は、着弾と同時に荒れ狂う爆風のような風を巻き起こし下級灰色巨人《デルム・グレイゼルト》を粉々に砕く。

それと同時に要の中から矢の作成時に一気に抜けた魔力による反動で要は立ち眩《くら》みを起こし座り込む。

「ははは、は……やったぞ。俺だって……」

「カナメ！」

その叫びに、要は悪戯《いたずら》を見られた子供のようにビクッと震える。

荒ぶる戦神は今の地上には必要ない。

そんな「姉さん」の言葉が、要の中に浮かび上がる。

嫌われる。トラウマじみた脅《おび》えを見せる要はしかし、アリサの必死な表情に「恐怖」の感情を忘れ去る。

そして……走ってきたアリサは要の近くに膝をつくと、周囲を見回す。

「今の爆発は……それに、下級灰色巨人《デルム・グレイゼルト》は……？」

「えっと……」

一瞬誤魔化そうとして。「必要ない」と言われるのが怖くて。

けれど、要は恐る恐る……といった風に小さく呟《つぶや》く。

「倒した、よ」

「え？」

「俺が魔法で、倒したんだ」

「魔法……」

言われて、アリサは要の中に今までよりも大きな魔力が発生しているのに気付いた。

まだ弱いが、確かに要の中から生まれているソレは、微弱ではあるが要の身体を強化していたし、見たところ怪我《けが》は無く、どうやら魔力によって修復されたようにも見えた。

あれ程派手に吹き飛ばされても動けたのは「魔力の目覚め」で一気に魔力が溢《あふ》れたことによる治癒現象だろうとアリサは予測する。

魔力の目覚めが遅い子供が目覚めた時、そうした奇跡にも近い現象が起こるという話は、アリサも聞いたことがあった。

それが要に起こるというのは実に複雑な気分ではあるが、正直安心してもいた。

「そっか……頑張ったね」

「怒らないの、か？」

「なんで？　ここは私がカナメを褒める場面だと思うけど」

苦笑するアリサに、要は「そっか」と小さく呟く。

安堵《あんど》。要の言葉からは、そんな感情が強く漏れ出ていた。

「……まったくもう、心配かけて」

「ごめん、アリサ……でも、俺だってアリサと一緒に戦える、から」

それを聞いて、アリサは目を丸くする。たぶん意識が朦朧《もうろう》としているのだろうが、それによって出てきた要の本音だろう事を理解したのだ。

（私と一緒に……ねえ）

好かれている自覚はあった。しかし、そんな事を本気で考えていたとまでは思わなかった。

要が言っているのが「姉弟《きょうだい》」とは違う感情である事は、アリサにも理解できている。

きっと要の中ではまだ「姉」は許せないままなのだろう。

しかし実際、どうするべきか。それを考えると、アリサは要の気持ちを保留にせざるをえない。

「ま、それはさておき。カナメ、しっかりして。此処《ここ》はヤバいから、逃げるよ！」

「逃げるって……え、なんで？」

アリサにペチペチと叩《たた》かれて覚醒した要はそう聞く。何しろ、邪妖精《イヴィルズ》も下級灰色巨人《デルム・グレイゼルト》も倒したのだ。何をそんなに恐れる事があるのかが分からない。

「こんな所に下級灰色巨人《デルム・グレイゼルト》が居るなんてのは有り得ない。邪妖精《イヴィルズ》があれだけの数で連携とってるのもそうだけど、普通じゃない」

「そう、なのか？」

「そう。だとすると、その普通じゃない現象が起こるような何かが起きている。それは分かるね？」

「あ、ああ」

―そしてそれは、一つしかない。すなわち、ダンジョンの決壊……ダンジョンバースト。この森の何処《どこ》かでダンジョンを隠した馬鹿が居て、それが決壊した恐れがあるってこと」

ダンジョン。それは何処まで続くかも分からない地下迷宮で、世界各地に突然発生するものだ。

しかし発生する場所は「ある程度の人間が生活する場所」と決まっており、それ故に「未発見のダンジョン」などというものは存在しない。

そして世界各国で決めた協定によりダンジョンは適切に管理する事が決まっている。

それは一定以上放置したダンジョンからモンスターが溢れ出るという「仕組み」がある事に気付いたからであり、それ故にダンジョンが発生した事を隠蔽した者は、どの国でも極刑と決まっている。

それはダンジョンバーストを防ぐ為《ため》でもあるが、それでもダンジョンから産出するマジックアイテムなどの宝物を目当てに報告を遅らせる者も少なくはない。

「……たぶん、あの村かな。私が依頼を断ったとこ。怪しいとは思ったんだよねえ」

「え、だとすると……ヤバい、んだよな？」

「そうだって言ってるじゃない……そら来た！」

森の奥に、目が光る。カチカチと顎を嚙《か》み合《あ》わせるソレは、巨大なアリにも似ている。

「装甲アリ《シルドアント》……！　相当放置しないと、あんなもの出ないってのに！　カナメ、早く立って！　逃げるよ！」

「あ、ああ！」

立ち上がり走り出した要は、自分の身体《からだ》が妙に軽い事に気付く。

疲れ切っているはずなのに、まるで羽根のように軽い。

それどころではない。走るアリサに、まだ少し遅れ気味ではあるがついていけている。

それが魔力による身体強化だと要にも理解できてはいたが、その強化が少しずつ強くなってきているとも感じていた。

「でもアリサ、どうするんだ⁉」

「どうもこうもないよ！　あんな依頼は破棄！　すぐに街に知らせて、あとはこの街の自警団とか領主の仕事！」

「え。い、いいのかそれで！」

「儲《もう》からない、命がけ、それどころか損ばっかりする！　私はヤダ！」

「あー……うーん、それはまあ……」

「それよりカナメ！　大分余裕出てきたんじゃない⁉」

確かに、走りながらこんな会話が出来ている。その事実に要は確かな手ごたえを感じながらも、アリサに少し遅れて森を抜ける。

そうして走ってきたアリサ達に門の前に立っていた自警団の男はギョッとした顔を向けてくる。

「な、なんだ⁉ 止まれ、止まれ！ 何事だ！」

「ダンジョンバーストの恐れあり！ 邪妖精《イヴィルズ》に下級灰色巨人《デルム・グレイゼルト》、装甲アリ《シルドアント》！ すぐに伝えて！」

「なっ……ほ、本気で言ってるのか！」

「こんな冗談言えるもんか！ 対策とらないなら私達は逃げるけど⁉」

「わ、分かった！ すぐに報告し対策をとる。おい、騎士団支部に伝令を！ 君達はこっちで詳しい話を聞かせてくれ！」

自警団員に促されるままに要達は森で見た事を伝え……しかし、要の魔法については誤魔化したまま、何かあれば連絡すると伝えられ、詰め所を出る。

「そういえば、魔法に目覚めたって事は魔力上がってるよな。もう一回神殿で判定した方がいいのかな？」

「止《や》めた方がいいと思うなあ、たぶんめんどくさい突っ込み方されるよ。それよりは神官が無能でしたの方がいいと思う」

「そうなのかな」

「そうだよ、何事も正直がいいとは私は思わないかな。カナメが面倒に巻き込まれるのも、私は好きじゃないしね」

そんな会話をしながら、二人は宿へと戻っていく。出かける前に数日分アリサが払っていたおかげで部屋は確保されていたのだが……そんな事しなくても空いてるっぽいね、とはアリサの台詞《せりふ》であった。

……そして、二人の居なくなった森の中で。銀の髪の少女がモンスターの死骸を見下ろしていた。

その表情は厳しく……やがて、ゆっくりと要達の居る街の方向へと視線を向けていく。

「矢作成《クレスタ》、か。これ以上放置は出来ないわね。今夜……貴方《あなた》を殺すわ、レクスオール」

第四章　ダンジョンバースト

夜。寒気のようなものを感じて、要《かなめ》は目を覚ました。

「なんだ……？」

分からない。分からないけど、何かに見られている気がする。

要はベッドからふらりと立ち上がると、ぐうぐうと気持ちよさそうに寝ているアリサが「自分を見ている相手」ではない事を確かめ、眠たい目を擦《こす》る。

「……よく寝てるなあ」

自分がアリサの立場ならこんなに安心して寝れないな、と要は思う。

それだけ自分を信用してくれているのだろうか？　そう考えると寝顔を見ているのが申し訳なくて、要はアリサから目を逸《そ》らす。

見られている。でも、此処には何も居ない。要は目に力を込め、森でやった時のように何かが潜んでいないかを探そうとする。

「……あれ？」

何も居ない。何も居ないが……まるで足跡のような淡く光る何かが床に残っている。

目に込めていた力を抜くと「足跡のような何か」は消え、目に力を込めると「足跡のような何か」は再び要の目に映るようになる。

部屋に入って来て、また出て行ったかのようなその足跡。アリサを起こすべきかと考えた要はしかし、壁に残されたモノを見てその考えを振り払う。

一人で来なさい。余計な奴《やつ》を連れてきたら、そいつの命は保証しない。

アリサが古代語と呼んだ文字で壁に書かれた、淡く光る伝言。要にしか見えないソレは、間違いなく要だけへの招待状だった。

……気付かれたらいけない。気付かれたら、アリサは絶対についてくるだろうし……下手をすると、行く事自体を止められる。そして、上手《うま》く誤魔化《ごまか》す自信も無かった。

けれど、行かなければいけない。誰にも気付かれずに部屋へ入り込める相手なのだ。

無視すれば、次はもっと過激な手段に出てくるのは明白だった。

そいつの命は保証しない。「そいつ」が明らかにアリサを示している以上、要には気付かれずに伝言主の下へ向かうという手段しか残されてはいない。

そう考えると、要は静かに着替える。

そのまま出ようとして、少し考えてからナイフをベルトに差して弓と矢筒を抱える。

「……行ってくるよ、アリサ」

寝ているアリサに小さな声で挨拶をして、扉を閉める。

光る足跡は、階下へと続いている。

それを追うようにゆっくりと階下に降りると、箒《ほうき》を動かしていた宿の少女アンジェが気付き振り返る。

「あれ？　どうしたんですかお客さん。恋人さんに内緒でお出かけですか？」

いけませんよ、と窘《たしな》めるアンジェに要は苦笑しながら「違うよ」と答える。

「なんか呼ばれてる気がしてさ、ちょっと外に出てこようかと。あと、アリサは恋人じゃないよ」

「ふーん、そうなんですか？」

「うん、そうなんだよ。アリサは……俺の姉さん、かな」

「へえー、あんまり似てませんね」

「ああ。アリサは俺よりずっと凄《すご》いから」

「そういう意味じゃないんですけど……ま、いっか」

言いながらアンジェは扉に近づくと、カンヌキをゴトリと音をたてて外す。

「こんな時間ですから、こうして中からカンヌキかけちゃってるんですけど、ノックしてくだされば私かお父さんが開けますから言ってくださいね」

「ありがとう。こんな時間にごめんな？」

「これがお仕事ですから！」

胸を張るアンジェに要は「そっか」と言って微笑《ほほえ》むと、扉を開けて外に出る。

夜の少し冷たい風が要の肌を刺すが、足跡はそのまま遠くへと続いているのが見える。

「それじゃ、行ってくる」

「はい、行ってらっしゃいませ」

見送ってくれるアンジェに手を振り、要は夜道を歩く。

魔法か何かなのか、煌々《こうこう》とした光を放つ街灯の照らす道を歩き、要はその中でも強く光る足跡の続く方向へと歩く。

そうして辿《たど》り着いた路地裏。しかし、其処《そこ》には何も居ない。

足跡も途切れ、此処《ここ》が終点である事は明らかだというのに。

「……違う。何か、いる」

そんな直感じみた感覚に従うように、要は目に更に力を込める。

……その瞬間、要の視界に一人の闇に紛れ込みそうな少女の姿が映る。

「うわ……!?」

避《よ》けられたのは、ほぼ偶然。少女の手に持つ巨大な死神のような鎌が空を裂き、要の横を通り抜ける。

「……避けたわね。どうやら『目』に関しては、かなり使えるようね？」

少女が身に纏《まと》うのは、恐らくはゴシックドレスと呼ばれる類の黒い服。

闇夜に煌《きらめ》く真ん中分けの銀髪と、金色の目。何処《どこ》となく皮肉げな笑みを浮かべたその少女は、要を見て僅かにその身体を動かす。

この路地裏には、人工の明かりは届かない。月の光のみが僅かに届く闇の中で……黒い少女は、その闇を統べるかのような美しさを放っている。

けれど……それ以上に要が感じるのは、強い恐怖の感情だった。

まるで確定した死の瞬間を前にしているような、そんな何かを感じるのだ。

けれど、引くわけにはいかない。アリサの死をほのめかされた以上、此処に来ないという選択肢は要にはなかったのだ。

恐怖を隠しながら睨《にら》みつける要に、少女は静かに微笑みかける。

「やはり寝ている間に殺すべきだったかしらね？　流石《さすが》にそれはないかと自重したのだけれども」

「そんな言い方をするってことは……宿に来たのは、やっぱり君か」

「ええ、そうよ。残した伝言に応えてこんな所まで来たのでしょう？」

クスクスと笑う少女に、要は僅かに身を引く。

正直怖い、と思う。

眼前にあるのは、目に強く力を込めた今すら視界から消えそうになる少女の姿。

少しでも気を抜けば、たった今自分を殺そうとした少女の攻撃を避けられなくなる。

そして何より、少女の持つ鎌。あれを一度でも受けてはいけないと。

要は、そんな直感じみたものを感じていた。

「……その鎌。普通のじゃないな。マギノギア……ってやつなのか？」

「あら、出したところは見せていないはずだけど？」

「君の、その鎌。なんとなくだけど……物凄《ものすご》くヤバいものに思えるんだ」

「ふーん……？」

その言葉に少女は面白そうに笑う。

「なるほど？　その辺りの野生の勘は流石はレクスオールってことかしらね。生まれ変わっても変わらないわ……アルハザールと一緒になって悪戯《いたずら》して一人逃げた時と同じね」

「アルハザール……それに、俺の事」

「ええ、知ってるわ。生まれ変わり舞い戻ってきたレクスオール。貴方の魔力が今日突然強まった時には驚いたわよ」

（突然強まった……？　それって、つまり……）

今日よりも以前、つまり要の魔力が完全に目覚めるよりも前に、要の事を察知していたということになる。

「でもね、レクスオール。私は貴方の事を、正直歓迎してないの」

「歓迎してないって、どういう……」

「こういう、意味よ……！」

そして次の瞬間、少女は要の眼前まで距離を詰めていた。

「じゃあ、さよならレクスオール」

「……っ、矢作成《クレスタ》……ッ！」

「くっ⁉」

要の手が少女の鎌に触れ、しかしバチンッと音をたてて要の手と鎌は互いに弾《はじ》かれる。

その勢いで少女は背後へ跳び、距離を取り舌打ちをする。

「まさか私の鎌を矢にしようとするなんてね。その辺りの節操のなさは変わらないわね……！」

憎々しげに言い放つ少女だったが、要は自分の手をビックリしたように見つめていた。

なんでも矢に変えられる力。そう理解していた矢作成《クレスタ》が、弾かれた。

正確には掌握しきれなかった。それは要の魔力がまだ弱いからなのか……それとも、別の要因があるのか。要は目に魔力を込めると弓神の魔眼を発動し……その理由に気付く。

少女と鎌の間の「魔力の流れ」は、まるで身体《からだ》の一部であるかのように繋《つな》がっていたのだ。

「……そうか。ソレは鎌に見えても鎌じゃない。だから、なのか」

そして同時に見えてしまった少女の魔力の強さに、ゾッとする。

今まで見た誰よりも強く、濃い魔力。弱点らしきものが、ほとんど見えない程だ。

けれど……全く見えないわけでは、ない。

「そう、そういう事。私の事を覚えていないのねレクスオール。生まれ変わった弊害かしら？」

ジリジリと距離を詰めようとする少女に、要は拳を握る。

矢作成《クレスタ》で少女の鎌を矢にしようとする試みは、すでに知られた。

ならば次は少女はそうされる前に要を殺そうとしてくるだろう。

しかし他の矢を作り対抗するには、たぶん時間が足りない。

それに、作れたとしても……それは、この少女を殺すということだ。

「なんで俺を殺そうとするんだ。君は誰だ？」

「レヴェル。そう言えば理解できるかしら」

レヴェル。その言葉を、要はアリサから聞いていた。

「生と死の双子神ルヴェルレヴェル……」

「そうよ、私はその妹神。すなわち死の神レヴェル。私の名とこの死の権能においてレクスオール、貴方《あなた》があのトゥーロのようになる前に……殺すわ」

「待っ……」

「待たないわ」

踊るように路地裏を駆け、レヴェルが迫る。

「くっ……!?」

レヴェルの鎌をすんでのところで躱《かわ》し、しかし要にすぐに次の一撃が迫る。

死神の鎌。恐らくは文字通りにそうだろうと要は「思い出して」いた。

確か死の神レヴェルの鎌は、彼女の「死を叩《たた》き付ける力」を形にしたマギノギア。

今の要では、間違いなく殺される程の力を持ったものだ。

「貴方がその力を上手く使えていない事は、丁度良かったわ……手遅れになる前に、殺せるもの」

回避する。レヴェルの鎌は脅威だが、その動きは然程《さほど》速くはない。

そして、あまりにも強すぎる魔力は要の「目」にその軌跡を色濃く映すが故に、避けるのも容易だ。

しかし、いつまでも避け続けているわけにもいかない。

「待ってくれよ!?　なんで俺がそのトゥーロとかって奴《やつ》みたいにならなきゃいけないんだ！」

「別にトゥーロに限らないわよ？　かつて死んだ神々は、生まれ変わるとほぼ例外なく力に溺れる……普人《ふじん》の肉体に生まれ変わるせいなのかしらね？　傲慢で、自分勝手……反吐《へど》が出るわ」

「俺はそうはならない！」

「信用できないわね」

再び振るわれる鎌を、要は避けようとして……しかし、間に合わない。

「矢作成《クレスタ》！」

だから、弾く。矢に変える事は出来ずとも、弾くことは出来る。

弾いた瞬間に距離をとり、要はレヴェルを強く力を込めて見る。

「フン、私の魔力を『見て』るわね……小賢《こざか》しい真似《まね》を！」

要には、ハッキリと理解できている。この戦いは多分、彼女に勝つ事が勝利条件ではないのだ。

「信用してくれ！　俺は……」

言いかけた要の眼前から、レヴェルの姿が一瞬消え去る。要の「目」を一瞬欺くほどの消失。いや、違う。それは明らかな要の油断だった。

「なっ……！」

そして、要の首元にピタリと鎌が突き付けられる。

「信用できない、と言ったでしょ？」

「う……」

首元から感じる死の気配に、要は冷汗を流す。

「あのトゥーロを名乗るアルハザールの生まれ変わりが無茶《むちゃ》をしてた時に、私は止めに行ったわ。そんな事をしてはいけないってね。あの男、なんて言ったと思う？」

「……なんて、言ったんだ？」

「俺が全部解決してやる、よ。古今東西の女を集めてハーレム作って、自分の国を作り上げて。アルハザールとしての力を思う存分振るってご満悦。私をハーレムの一員に加えようともしてたわね」

「ハ、ハーレム……？」

確かにレヴェルは美少女ではあるが……見た目が明らかに小さな少女であるレヴェルをそんなものに加えようとするほど、トゥーロという男は見境が無いのだろうか。

「何よ、私に何か文句があるの!?」

「うわっ！　何も言ってないだろ!?」

怒りと共に振るわれた乱暴な一撃を、要は回避する。

「大体ハーレムとか……そんなの不誠実だろ！」

そんなのと一緒にされたくない、と言いたげな要に、レヴェルは小さく溜息《ためいき》をつく。

「……ともかく。そうじゃないと、それでは解決しないと何度言っても聞く耳持たず。だからといって、あの男を殺すにはリスクも大きすぎるし……私が勝てるかも分からなくなってしまったわ」

たぶん、アルハザールの力を使いこなせるようになってきているのだろうと、要はそう予想する。そしてその状態となっては、レヴェルでは勝てないのだろうということも。

「だというのに、ここにきてレクスオールの復活？　冗談じゃないわ、これ以上ゼルフェクトの欠片《かけら》を刺激してどうしようっていうの？」

「……俺は、荒神なんかになるつもりはないんだ！」

「誰でも最初はそう言うのよ。そうして、荒神になる。トゥーロのようにね」

「俺はならない。きっと『姉さん』もそう思って俺を裏切ったんだ。でも、俺は！」

分からない。訳が分からない。

ただでさえ記憶が不鮮明で。けれど要は「姉さん」に裏切られ、捨てられた……その憤りだけは、しっかりと覚えている。

でも、アリサに出会えた。自分の為《ため》を思ってくれる……「弟」扱いとはいえ、自分を好きでいてくれているアリサに出会えたのだ。

なのに、何故《なぜ》こんな所で殺されなければならないのか。

殺されたくない。殺されるくらいなら……そう考えた要のペンダントが、強く光る。

「それは……！　貴方、そんなもの何処《どこ》で！」

驚きと共に訪れた一瞬の硬直の隙をついて、要の身体が動く。まるで一気に体の中に力が流れ込んだかのような感覚と共に、要はレヴェルの鎌へと手を伸ばす。

「矢作成《クレスタ》！」

「く、う……!?」

弾く。理解するのではなく「弾く」為だけに「矢作成《クレスタ》」を使い、要はレヴェルの手の中から鎌を弾き飛ばす。先程よりも遥《はる》かに自分の魔力が上がっている。それを要は明確に感じ取っていた。感じる万能感。今なら何でもできると。死の神であろうと殺せると。そう囁《ささや》く衝動のようなものを、要は明確な意志と共に抑え込む。

違う、そうじゃない。そんな事をするつもりはないのだ。

そんな要の意思に抑え込まれるようにペンダントの輝きも弱っていき……やがて、完全に光が消える。それと同時に要の中にあった万能感も魔力も消え、喪失感が要を襲う。動きたくなくなるような倦怠感《けんたいかん》も同時に。しかし、その隙をレヴェルが襲う事は無い。

「……どういうつもり？　今の力を解放したままでいれば、私に勝てたかもしれないのに」

「言っただろ。俺はトゥーロとかいう奴とは違う」

今の力は確かに強い。けれど同時に危険な力でもあると要は直感していた。そんなものを見境なく自慢げに振るう程、馬鹿ではないつもりだ。

「……そう。その言葉をそのまま信用はしないわ。でも、今の行動は信用できるかしらね。で？　貴方を裏切った姉さんとやらは誰なの？　レクスオールの事を知ってるなんて、普通じゃないわよ」

「……分からない。でも、裏切られるまでは……俺の本当の家族より大切だった気がする」

「本当の家族とは違う姉さん……？　ますます意味が分からないわ」

そう呟《つぶや》くと、レヴェルは要の眼前へと近づいてきて……その瞬間、顔を嫌そうに顰《しか》める。

「この魔力……！　ヴィルデラルトとイルムルイ!?　あの二人が貴方を送り込んだの

ね！」

「ヴィル……イルムルイ？　それが俺の姉さんの名前なのか？」

要の問いに、レヴェルは本当に嫌そうな顔をする。口にするのも嫌だというような、そんな雰囲気だと要は思う。

「たぶん『姉さん』ってのはイルムルイでしょうね。貴方、よくあんなのを姉さんとか呼べるわね？」

「……俺を裏切るまでは、たぶんだけど……いい姉さんだったんだ」

「うえっ……余程いい姉面してたのね。でも貴方たぶん、さっきからの言い様《ざま》……記憶が曖昧なんでしょ？　それたぶん、イルムルイのせいよ？」

イルムルイ。それが「姉さん」の名前であるらしい事は要にも理解できた。けれど、姉さんがカナメの記憶を奪ったというのはどういう事なのか。

「想像は出来るわ。たぶん、イルムルイは貴方を育て損なったのね。で、記憶と時間を奪って……ってところかしら」

「それってどういう……」

レヴェルは「マギノギア、オフ」と呟き鎌を消し去ると、要の胸元のペンダントを摑《つか》む。

「とすると、コレはヴィルデラルトの仕業って事かしら。安全装置のつもり？　やる事が半端なんだから」

「え？　え？」

深く……深く溜息をつくと、レヴェルは何度か首を横に振る。

「……いいわ。少し心配ではあるけれど、神の力に溺れなかった貴方を一応信用してあげる。一応だけどね？」

「えっと……ありがとう、でいいんだよな」

「礼なんかいらないわ。貴方がやっぱりダメだと思ったら、すぐに殺すもの」

「そんな心配は要らないよ。アリサと一緒に、普通に冒険者をやっていくんだから」

「寝ぼけないでくれる？　そんな『普通』なんて、出来るはずがないでしょう」

「な、なんでだよ！　君だって、荒神になるのはダメって感じだっただろ⁉」

舌打ちと共に、レヴェルは要のペンダントを摑んだまま引っ張る。

その表情は真剣そのもので……要は、思わず反論の言葉を封じられてしまう。

「いいかしら、よく聞きなさいレクスオール。私達がかつて守り切ったこの世界はすでに限界が近くなっているわ。共に戦った魔人も戦人も滅びかけ、普人は歴史を都合よく改変しこの世界に蔓延《はびこ》ってる。そして普人に生まれ変わった神々は、どいつもこいつも自分の力を好き勝手に振るってる。血と呪いが世界に満ち、地の底のゼルフェクトの欠片が反応しているのよ。これがどれ程危険な事か、理解できる？」

「ご、ごめん。正直、なんか危なそうだって事しか分からない」

そもそも魔人だの戦人だのという単語からして理解不能だ。なんとなく懐かしい気もするので前世の……レクスオールの関係なのだろうが、今の要にはサッパリ理解できない。

「……なら教えてあげる。このままだと、世界にモンスターが溢《あふ》れゼルフェクトの欠片が目覚める日も遠くはないわ。そうなれば、ゼルフェクトの完全復活の可能性すら出てくる。かつて私達神々と全ての人類が力を合わせてようやく倒した奴《やつ》に、今勝てると思うの？」

……それは、たぶん無理だろうと要は思う。神々が居た時代にも勝てなかったものが、今蘇《よみがえ》って勝てるだろうとは要にも思えない。

「でも、それって……俺がどうにかしたくらいで何とかなるのか？」

「なるかもしれないし、ならないかもしれないわ。貴方がトゥーロのような考えなしの荒神になるつもりなら、此処《ここ》で殺して時間稼ぎしようと思ってたけど」

「そんな事は、しないよ」

「なら、いいのだけれど」

先程までと比べれば少しだけ優しい口調で言うと、レヴェルは要のペンダントから手を放す。

「私の判断が間違いだったなんて、思わせないでちょうだいね」

レヴェルはそう呟くと、森の方角を見る。

それが意味するところを察した要が「ダンジョンバースト……」と呟くと、レヴェルは静かに頷《うなず》く。

「止めろって、いうのか？」

「派手に動こうとするのは、やめたほうがいいわね、それは。貴方《あなた》の力が知られれば、貴方もまたトゥーロのようになるかもしれない。望むと、望まざるとにかかわらずね」

「なら、どうやって……」

途方に暮れたような顔をする要の姿に、レヴェルは小さく舌打ちをする。

レヴェルの知るレクスオールとは、明らかに違う要の態度。それを見て、なんとなく放っておけないような気分になったのだ。

「仕方のない子ね。さっき自分が何をやったかも分かってなかったの？」

言いながら、レヴェルは要のペンダントに触れる。

「このペンダント。これに貴方の『かつての魔力』とマギノギアが封印されてるわ」

「え……」

「必要になったなら、強く望みなさい。それで一時的に力が解放されるはずよ」

「これ、が……?」

ヴィルデラルトに貰《もら》ったペンダント。それに触れる要をレヴェルは見つめ、「ただし」と付け加える。

「貴方がその力を使って好き放題に暴れるようなら、すぐに殺しにいくわよ」

「言っただろ、そんな事はしない」

「なら、行動で示しなさい。そうしたら、ご褒美をあげない事も無いわ?」

「えっ」

グイッと強くペンダントが引っ張られて。要が思わず俯《うつむ》くような姿勢になったその瞬間、要は何かが触れたのを感じる。それがキスだと、そう気付いて真っ赤になったその時には、レヴェルはすでに要から離れてしまっていた。

「なっ、え……!?」

「ご褒美の前渡しよ。どう、やる気出たかしら?」

「やる気って……」

「あら、嬉《うれ》しくなかった?」

真っ赤な顔のまま黙り込んでしまった要を見れば答えは明白で、レヴェルは悪戯《いたずら》っぽく微笑んでみせる。

「じゃあね『カナメ』。貴方が本当に大丈夫かどうか……私はいつも見てるわよ」

そんな言葉を残すと、レヴェルの身体《からだ》は闇の中に溶けるように消えていく。

すでに要にはその姿を見つける事は出来ず……まるで全てが幻であったかのように静寂の戻った路地裏で、要は強くペンダントを握る。

「……必要になったなら、か」

「何のお話ですか？」

「うわっ⁉」

突然背後に現れた気配に、要は振り返る。

そこに居たのは、闇夜でも目立つ黄色いメイド服姿のクシェルで……要は思わず、向き直り身構えてしまう。

「……こんな夜に武装して、一体何を？　怪しい事をしようとしているのであれば、自警団に引き渡さねばなりませんが」

首を傾《かし》げるクシェルに、要は自分の姿を思い出す。弓を持った完全武装で路地裏に潜んでいる男。怪しい事この上ない。

「え、あ、いや。えーと……ちょっと色々と事情、が」

「事情、ですか」

言いながらクシェルは路地裏の奥を見通すように視線を向ける。

当然ながら、そこには何もなく……要の目でも、すでにレヴェルの姿を見つけることは出来ない。

「……その目……」

「え？　わあっ！」

いつの間にか顔を寄せて要を覗《のぞ》き込んでいたクシェルに驚き、要は慌てて距離をとる。

レヴェルとは違い動きが全く読めないクシェルだが、実に心臓に悪い。

「……気のせいでしょうか。何か、その目から強い力を感じた気がしたのですが」

「え、あ……」

驚いたせいか、すでに目に込めていた力は抜けてしまっている。元々要が意識しなければ使えない力なだけに、「今」の要の目は普通の目でしかないということなのだろう。しかし、クシェルはそれでは納得しなかったのだろう。要をじっと……その奥を見通すかのように見つめていた。

「えっと……まだ何か？」

「どうにもおかしいですね。確かな魔力を感じます。最下級《アザル》との事でしたが、何かの間違いなのでは？」

疑問符を浮かべながら要をジロジロと眺めまわすクシェルだが、やがて「まあ、別にどうでもいいですが」と視線を外す。

なんとなく、これ以上突っ込まれると余計な事を言いそうな気がする。そう感じた要は、誤魔化《ごまか》すべく別の話題を何とか捻《ひね》りだす。

「そういえば、えっと。クシェルさんはどうして此処に？」

「巡回です。自警団や騎士団では気付かない危険な輩《やから》が潜んでいる事もありますので」

「巡回……」

「事実、此処に弓を持って潜む男が居ましたしね」

「いや、それは……」

その瞬間、表の道を複数の馬が走っていく音が聞こえた。

「え？　な、なんだ⁉」

思わず要が路地裏から顔を出すと、鎧《よろい》を着込んだ騎士のような姿をした数人が、馬に乗って何処《どこ》かへ駆けていくのが見えた。

「自警団、じゃないよな。なんか慌ててたみたいだけど……」

「騎士、ですね。不審者でも見つけたのでしょう。貴方のような」

「やめてくれよ……とにかく、俺はもう帰るから」

またペンダントを売ってくれと言われてはたまらない。

クシェルをその場に残して、要は歩き……今の騎士の事を考える。

まさかダンジョンバーストの対応だろうか、と。そんな事を考えてしまうのだ。

もし要がレクスオールの力を解放して使えるというのであれば、その力を使って騎士団に協力した方がいいのかもしれない。その方がダンジョンバーストは簡単に鎮めることが出来るのだろう。

しかしレヴェルはそれをやめろと言っていた。そうすると、要もトゥーロになると。

「……派手に動くな、って言ってたよな」

つまり、バレないように動けということなのだろうか？

要の矢作成《クレスタ》を使えば、それもあるいは可能かもしれなかった。

「とにかく、アリサに相談しよう」

アリサなら、きっと何か上手《うま》い案を出してくれるはずだ。それに……これで、アリサにもう隠し事をしなくて済むかもしれない。そんな事を考えながら、要は歩いて。

「ん？　え、うわっ！　なんで居るんだよ⁉」

「なんでも何も。ブツブツと怪しい事を呟《つぶや》いてる男がいたものですから」

「う、いや。それは……」

気配も足音も消して隣を歩くのはやめてほしい。そう抗議したかった要だが、こうも堂々とされているとそれも言い辛《づら》い。

「とにかく、俺は怪しくないから。もう帰っていいよ」

「怪しい者程怪しくないと言うものです」

「困るよ……」

「私は困りません」

結局、離れる様子が全くないクシェルを連れたまま要は金のトサカ亭へと戻って。

しかし、金のトサカ亭の前へ戻ったその時。要は入り口の扉が大きく開け放たれている事に気付いた。

盗賊。そんな言葉が浮かんで要は走り、入り口から飛び込む。

「お、お客さん⁉」

「アンジェちゃん⁉　一体何が……」

「そ、それが騎士様が突然」

「冒険者のアリサ！　我等《われら》はシュネイル騎士団である！　速やかに出てきて貰おう！」

そんな言葉が上の階から聞こえてきたのは、その直後。それを聞くと同時に、要は階段を上がり二階の廊下へと辿《たど》り着く。そして、そこには部屋の前に立つ数人の騎士と……扉を開けたアリサの姿があった。

「……こんな時間に、わざわざ騎士様が何の御用ですか？　例の件なら自警団に伝えたはずですが」

「確かに聞いている。だが、別の報告も上がってきていてな……お前にはダンジョン秘匿と、それにより決壊を引き起こしプシェル村を壊滅に追いやった容疑がかけられている」

「なっ……！」

その言葉に要は思わず声をあげる。それをしたのはアリサではない。確かアリサは、森の奥の村がそれをやったんじゃないかと言っていた。

それがその「プシェル村」であるならば……冤罪《えんざい》だ。

「……あそこの男はなんだ。仲間か？」

「盗賊に荷物を奪われた、可哀想《かわいそう》な行き倒れです。私の用事ついでに王都の知り合いとやらの所まで連れて行ってあげようとしていましたが」

「そうか」

騎士はそう言うと、要の近くまで歩いてきて懐につけていた革袋を要の手に握らせる。

ガシャリ、ジャラリと鳴った革袋にはそれなりの量の硬貨か何かが入っているようで、しかし何故《なぜ》そんなことをするのか要には理解できない。

「……なんですか、これは」

「この女はお前の帰路には同行できなくなった。かといって、これから慌ただしくなるこの街に留《とど》まる事も勧めん。それで旅の準備を整えて王都へ帰るといい」

「そんなの……！」

「カナメ！」

革袋を投げ捨てようとした要を、アリサの声が押し留《とど》める。

そんな事はするなと、目でそう語っている。

「隊長、何もそこまで……大体そいつが本当に仲間じゃないかどうか」

「黙れ。なんなら貴様の財布も追加するか？」

その一言で他の騎士達は黙り、隊長と呼ばれた騎士はアリサへと再び視線を向ける。

「お前の人道的行為に免じ、拘束はしない。大人しく騎士団まで同行願おうか」

「分かりました。でも、私は何もしていませんよ」

「それも含めて取調べを行う。来い」

騎士達と一緒に宿を出て行こうとするアリサを助けようと要は動き……しかし、アリサの強い視線が要の動きを再び止める。

「……私は大丈夫だから。でも、もし私が戻らないようなら」

「おい、早くしろ！」

騎士に引っ張られたアリサの姿が視界から消えていく。

どうすればいいのか。何が正解なのか。

要には何も分からない。たぶん此処《ここ》で暴れても、それは何にもならない。だが、それならどうすればいいのか？

分からない。何も分からない。グチャグチャになる思考と、行き場の無い怒り。叫びにすらならない、整理できない感情が要の中で荒れ狂う。

騎士達とアリサが宿を出て行った後で、要は革袋を床へと投げつけて。

零《こぼ》れ出た金貨を見て思い出したのは……金のトサカ亭までついてきていたはずのクシェルの事だった。

そしてその瞬間、要は革袋を掴《つか》んで階段を駆け下りる。

「お、お客さん。こんな、私どうしたら……」

オロオロとするアンジェの肩を、要は掴む。

「大丈夫、これは冤罪だ。それさえ証明できればどうにかなる」

「え、でもどうやって……」

「黄色いメイドの女の子！　宿の前までは一緒だったんだ！　まだ何処かに」

まう。

「ひえっ！」

突然現れたクシェルにアンジェは腰を抜かしそうな勢いで壁にぺったりと張り付いてし
「此処に居ますが」

「クシェル！　頼みがあるんだ！」

「頼み、ですか。まあ、大体予想はつきますが」

言いながら肩をすくめるクシェルに、要は頷《うなず》いてみせる。

「……ハイロジアさんに会いたいんだ」

「会ってどうします」

「力を貸してくれるように頼みたい。お願いだ、黒犬の尻尾《しっぽ》亭まで連れて行ってくれ！」

知らず知らずの内に、クシェルを見つめる要の目に力が籠る。

その目を見て……クシェルは小さく「やはり」と呟《つぶや》く。

「……貴方《あなた》のその目」

「え？」

「いいでしょう。ただの無能というわけでもなさそうです。ハイロジア様の下へとお連れします」

☆★☆

「……それが私をこんな夜中に叩《たた》き起こした理由なの？」

蔑む目で見てくるハイロジアに、要は「ああ」と頷いた。

黒犬の尻尾亭。その最上階を貸し切っているらしいハイロジアに要は何とか会う事が出来たが……ハイロジアの機嫌は探るまでもなく最悪だ。

「そもそも、どうして私に？　何も関係がないでしょう」

「そんな事ない。ハイロジアさんは、たぶん貴族か何か……そういう権力がある人なんだろう？」

「なるほど、クシェルを連れているものね。そう思うのは自然だわ。それで？」

要の言葉に興味を持ったのか、ハイロジアは少し不機嫌さを抑えて続きを促す。

そう、要がハイロジアの元に来たのは、それが理由だ。

「俺一人じゃ、たぶん騎士団は話も聞いてくれない。でも、ハイロジアさんが一緒に来てくれれば騎士団も話を聞いてくれるはずだ」

この世界には身分証が無い。たかが一般市民はその程度の「証明の必要すらない」存在なのだと。そうアリサと話した事を思い出す。

ならばきっと、何処の誰かも分からない要の証言に意味など無い。

けれど、確かな身分と権力のあるだろうハイロジアが味方についてくれれば……その前提はひっくり返る。

騎士団がどの程度偉いかは分からないが、きっと無視できないはずだ。

あとは、幾らでも証明できるはずだ。アリサは、犯人などではないのだから。

そう考える要に……しかし、ハイロジアはつまらなそうに足を組みかえる。

「ダンジョンバーストに冒険者の捕縛。よくあるとは言わないけど、歴史を紐解《ひもと》けば無かった事でもないわ」

「アリサは、そんな事しない……！」

「フフッ、どうかしらね。私はそのアリサとかいう冒険者の事は知らないけど、庶民が手っ取り早く成り上がろうとダンジョンを隠蔽して一稼ぎ……きっと誰もが納得する筋書きだと思うわよ」

「アリサは、森の奥にある村が怪しいって言ってた。それがきっとプシェル村なんだ」

「村ぐるみでダンジョンを……ね。まあ、それも有り得ない話ではないかしらね」

「だろう⁉　だから手伝って欲しいんだ！　このペンダントは渡せないけど、出来る事はするから……！」

「クシェル。貴方はどう考えるの？」

「現時点では、どうとも判断し難《がた》い話かと。しかしシュネイル男爵旗下の騎士団が何の証拠もなく動くとも思えません。ある程度の証拠はあると考えるべきかと存じます」

「決まりね。今回の話、お断りするわ。ペンダントも勿論《もちろん》要らないわ。言ったと思うけど、あの商談は貴方への慈悲みたいなものよ」

「え……待った。それって」

「大体、レクスオールの最下級《アザル》みたいな雑魚が偉そうに私に向かって対等に口を利くなんて。生まれ変わって祝福を貰《もら》い直してから出直してきなさい」

「お嬢様、その件ですが……」

「祝福のランクなんて関係ないだろう!?　それに、そんな……」

続けて何かを言おうとした要の言葉を、ハイロジアは「黙りなさい」と遮る。

「でもまあ、安心なさい。ダンジョンバーストに関しては、私がこの街の騎士団を率いて鎮めてあげるわ」

そう宣言すると、ハイロジアはゆっくりとドアの外を指差す。

「クシェル。その雑魚を追い出しなさい」

「はい、お嬢様」

「待ってくれよ！　そんな……そこまでの権力があるならアリサを……！」

「クシェル」

クシェルの拳が、要の身体《からだ》にめり込む。

「ぐっ……」

「夜中ですよ、お静かに」

身体強化も始まっている要の身体に深くダメージを与えたクシェルは、そのまま要を担ぐと階段を降り、外へと要を放り出す。

「では、お引き取りを。私はこれからお嬢様の出立の準備をせねばなりません」

「……待って、くれよ」

黒犬の尻尾亭の中に戻ろうとしたクシェルは、よろよろと起き上がった要に少しだけ感心したような目を向ける。

「……やはり、最下級《アザル》ではありませんね。再度の判定をお勧めします」

「そんなのは、どうでもいいんだ。アリサを俺は、助けたいんだ……！」

「お嬢様の判断なされた事です。まったく、貴方があの場で激昂《げきこう》しなければ私が多少はフォローできたものを」

しかし、それを言う前に要が故意ではないにせよ遮ってしまった。

そしてハイロジアの判断は下されてしまった。となれば、もはやクシェルにそれを覆す術《すべ》はない。

「ハイロジアさんは、騎士団に命令できるくらい偉い人なんだろ!?　なら、正しい人間を守ってくれよ……！」

「お嬢様の判断です。ああなっては、もう私の意見も聞き入れないでしょうね」

そう切り捨てると、クシェルはもう一度要を静かに見つめる。

「……ですが。もし貴方がその誰かを助けたいと……そう本気で思っているのであれば、証拠を集める事です。この短時間で貴方一人では無理でしょうが……知恵者の助けがあれば、ひょっとするかもしれませんね？」

「それは、どういう」

「たいした意味はありません。それでは、お早めにこの場を去られますよう」

そう言い残し去っていくクシェルの姿を見送ると、要はゆっくりと立ち上がる。

知恵者の助け。たぶんアレはクシェルなりの助言なのだろう。しかし、知恵者とは。

考え……要は、一人思い出す。そう、彼ならひょっとすると。

痛む身体を無理矢理《むりやり》動かしながら要が走り辿《たど》り着いた場所は……この時間でもまだ開い

ている、共同浴場だった。

「いらっしゃいませー……って、随分汚れてますね。転んだんですか？」

呑気《のんき》にそんな事を聞いてくるあの時とは別の女性従業員に、要は目を向ける。

「えと……チャールズに、会いに来たんです……けど」

「僕ですか？」

「うひゃっ」

聞こえてきた声に女性従業員が驚いたような声をあげる。

奥の着替え場へと続くドアの向こうから顔を出していたチャールズは、柔らかな笑顔を浮かべながら要を見ていた。

「ようこそ、カナメさん。来るんじゃないかな……と思ってはいましたよ」

「チャールズ……」

「え、お友達ですか？」

そんな事を聞いてくる女性従業員に、チャールズは曖昧な笑顔を浮かべて「そんなもんです」と答える。

「外でお話ししましょうか、カナメさん」

そうして二人がやってきたのは共同浴場の裏に作られた庭のような空間。そこの壁に背を預けるチャールズは、呑気な様子で「さて」と話を切り出した。

「それで、僕に会いに来たのはダンジョン絡みの事ですか？」

「……やっぱり知ってるのか」

「僕が知れる範囲の事では、ですけどね。それにその様子だと、僕が知ってる情報から先に進んだようですし」

「アリサが、騎士団に連れて行かれた。だから、助けたい。知恵を貸してほしいんだ」

「僕は情報屋ですよ、カナメさん。貸せるものはないし、売れるのは情報だけです」

「なら情報を売って欲しい。必要なのは、アリサを助けるに足りるだけの情報だ」

騎士が残していった革袋を突き付ける。かなりの額が入っているようではあるが、要はそんなものには一切価値を感じない。ならば、此処《ここ》で使うのが正しいはずだった。

そんな想《おも》いと共に突き出された革袋を、チャールズは受け取って中身を確かめ始める。

「結構入ってますね。ま、いいでしょう。まず結論から言うと、アリサさんを助けるだけの証拠はあります」

「あるのか⁉」

「でも、それでアリサさんを助けられるかというと難しいでしょうね」

「なんでだよ……！　証拠はあるんだろ!?」

「落ち着いてください、カナメさん。あと夜中ですから静かに。順を追ってご説明しましょう」

そして始まったチャールズの説明は、要には信じ難いものだった。

「まず今回の件はプシェル村の村長と、数人の冒険者の共謀から始まっています」

それは、二年以上前の事。プシェル村からほんの少し離れた場所にダンジョンが出現したのが始まりだった。

欲の皮の突っ張っていた村長の幸運は、同様に欲の皮の突っ張った冒険者達が丁度村に滞在していた事。

村長は冒険者達と共謀し、ダンジョンを隠蔽する事にしたのだ。

「幸いにもプシェル村は森の奥深くの林業を生業《なりわい》とする村。ダンジョンも適度にモンスターを間引いていれば決壊しませんから、隠蔽は然程《さほど》難しくありません」

村長と冒険者達は、ダンジョンの浅層を冒険者達が探索する事で小金を稼ぎ、様々なマジックアイテムをも蓄えた。勿論浅層から見つかる物などたかが知れているが、あまり凄《すご》い物を手に入れても出所を疑われる。だから、その程度の小遣い稼ぎで済んでいたのだ。

「ま、待ってくれよ。なんでそんな事知ってるんだ？」

「ヴェラールの天秤《てんびん》の前に何も隠す事能《あた》わず、と言います。ま、ぶっちゃけ酒に酔った冒険者の一人が呟《つぶや》いていたのを僕の仲間が聞いたんですが」

「それを知ってたなら……！」

「騎士団に通報すべき、ですか？　それは僕の話を最後まで聞いてからにすべきですね」

それが崩れたのは、冒険者グループが行方不明になった事だった。突然街にも姿を見せなくなった冒険者達は、恐らくは何かが原因で死んだのだろうとチャールズは判断しているが……詳細は不明だ。

ともかく、冒険者達は居なくなり、プシェル村の村長は慌てたのだろう。

冒険者ギルドの前をウロウロしていたり、王都に向かう馬車の業者に少なくない礼金と依頼書らしきものを持たせた事はすでに判明している。

「その依頼内容までは把握してませんがね」

「……ヴーンの退治だって聞いてる。受けなかったとも聞いたけど」

「なるほど、なるほど。ではその時点でアリサさんは『犯人』に仕立て上げられる事に決まったのでしょうね。村人全員で脅されたとでも口裏を合わせれば、どうにでもなります」

「おかしいだろ、そんなの」

「ええ、おかしいです。しかし金を積めば通ります。何しろこの街に滞在するシュネイル騎士団レシェド支部の支部長は、俗物ですから」

父親であるシュネイル男爵の権力と加護の力だけで支部長に収まったような輩《やから》だ。お金と女大好きで、最近はお金が足りなくて不機嫌だった支部長……ビオノークは、目の前に金貨でも積み上げてみせれば白でも黒にするだろうとチャールズは説明する。

「時期的に言えば、わざわざ王都からアリサさんが二年の間往復していたと考えるのは不自然です。向こうの冒険者ギルドに照会すれば、すぐにでもプシェル村に居なかった証拠が出てくるでしょう」

「そうか、つまり」

「ええ、つまり。アリサさんが処刑されるまでには間に合いません」

レシェドから王都までは、馬車で三日。往復で六日かかる事を考えると、その間にアリサが処刑されていてもおかしくはない。

「なら、どうしたらいいんだ……」

要は、チラリと自分のペンダントを見下ろす。

確かレヴェルは、これにレクスオールの力が封じられていると言っていた。

なら、それを使えばもしかしたら。そんな物騒な事を考え始めた要の耳に、小さな囁《ささや》きが届く。

「……なら、そいつを使えばいいじゃない」

「レヴェル⁉」

振り向こうとする要の顔が、柔らかな手によって止められる。

「今は貴方《あなた》以外に見えないわ。それと、余計な反応しない」

「え、レヴェル？　え？」

どうやら本当に見えていないらしいチャールズに向かって咳払《せきばら》いで「なんでもない」と誤魔化《ごまか》すと、要は先程の発言の意味を考える。チャールズを使う。一体どう使えというのか？　考えて……要は、「その可能性」に気付く。

「……チャールズ。もしかして君、騎士団にもツテがあったりするのか？」

「ええ、ございます」

「なら、手を貸してほしい。騎士団に連れて行ってくれ」

要のその言葉に、チャールズは少し考えるような表情になる。

「まあ、確かに騎士団の中までご案内する事は可能でしょうが……ふむ」

「頼む。俺は、どうしてもアリサを助けたいんだ」

「……いいでしょう。そのくらいは報酬の範囲内ということにしましょう」

頭を下げる要に……チャールズは、仕方なさそうにそう呟いた。

☆★☆

シュネイル騎士団レシェド支部。そう呼ばれる街の中心部にある立派な四階建ての石造りの建物。その周りを覆うのは、やはり石を積んで造った頑丈な壁と金属製の重たそうな門。

その門は開かれているが、金属鎧《よろい》で完全武装の騎士が誰も通すまいと両脇に立っている。まるで要塞のような造りの建物に、要は緊張でごくりと喉をならす。

騎士団の近くには鎧をつけた馬や武装した馬車も用意されており、装備の点検をしている姿も見える。

「ず、随分とごつい建物なんだな騎士団って……」

「有事の際の避難所も兼ねてますからね。さて……」

小綺麗《こぎれい》な服に着替えたチャールズは要を伴い門の近くへと歩いていくと「こんばんは」と片方の騎士に声をかける。

「待て、そこで止まれ」

「なんだお前等《まえら》……騎士団の人手は足りてんだ。仕事が欲しけりゃギルドか自警団に行け」

「そう言わないでくださいよムントさん。この前協力したばっかりじゃないですか」

チャールズのそんな言葉に、ムントと呼ばれた騎士がつうっと汗を流す。

「なんだムント。このガキと知り合いか？」

「はい、ちょっとした知り合いって感じですけどね」

ニコニコと笑うチャールズに、ムントは額を押さえながら「あー……」と呻《うめ》く。

「……チャールズ。一体何の用だ。お前なら今は忙しいって知ってるだろうに」

「だからですよ。一市民として、冤罪《えんざい》を晴らすのに協力しようと思いまして」

その言葉に、ムントは明らかに苦々しい顔になる。

「……あの女冒険者か」

「そうです、その方です」

「諦めろ。無駄だって分かるだろ」

「そうでしょうか？　僕の見た感じ、あの方……かなり深くまで潜れる冒険者ですよ？」

その意味するところを察したのか、ムントは更に苦い顔になる。

「……確かに深層に潜れる冒険者なら、ダンジョンを隠蔽する意味はない。普通に潜ったて方が儲《もう》かるからな」

「でしょう？」

「だとしても」

「どうせ支部長は寝てるんじゃないですか？」

「いや、起きてる。というか……何故《なぜ》か王族の姫様がやってきてな。今大慌てで準備をしてる最中だ」

「ハイロジア姫様ですか。来てるのは知ってましたが。まあ、それなら丁度いいです。通してください」

そのチャールズの言葉にムントともう一人の騎士は顔を見合わせ、「責任はとれんぞ」と返してくる。

「構いません。そもそも僕はこっちのカナメさんの付き添いですから」

「……ていうか、なんだソイツは」

「アリサさんを助けに来た正義の冒険者とでも申しましょうか」

「暴れたら捕縛するからな」

溜息《ためいき》混じりにそう言うと、ムントは「通れ」と道を開ける。

「よし、行きましょうかカナメさん」

「分かった。行こう」

門を通り抜けると、そこにはよく整地されたグラウンドのような場所が広がっていた。

あちこちに設置された魔法の灯《あか》りが広場を照らし、完全武装の騎士達が慌ただしく移動を始めているのも見える。そして忙しく騎士達に指示を出していた男が、要達に気付き振り返る。

「ん？　なんだ貴様等は」

「ああ、こんばんは副支部長。今宵《こよい》は善意の市民として、捕縛された冒険者の無実を訴えに参りました」

要からチャールズへと視線を移した男……どうやら副支部長らしいが、チャールズの姿を見た途端にげんなりとした顔になる。

「……誰かと思えばチャールズか。一体何をしに来た。お前に売る情報は今は無いぞ。それに無実がどうとかいうのは……」

「勿論《もちろん》、捕らえられたアリサさんの事ですが」

「……あの女冒険者か、本当に耳聡《みみざと》い……」

「証拠は数日で揃《そろ》えられます。プシェル村の村長が真犯人である証拠についても、同様ですが？」

「いや、そんなものは必要ない。情報屋如《ごと》きの持ってくる胡散臭《うさんくさ》い情報など、精査する必要も無いな」

そんな事を言いながら話に割り込んできたのは、真っ青な色の鎧を着込んだ金髪の男だった。

「支部長……」

「副支部長、こんな連中の相手をしてるんじゃない。しかも見ろ、一人はレクスオールの祝福……しかも最下級《アザル》？　信じ難《がた》いクズだ。生きてるだけで恥ずかしいのに、なんでこんな所にいる」

「俺の事なんかどうでもいい！　アリサを解放してくれ！」

「黙れクズが。お前のようなクズ祝福しかないクズには発言権など無いと知れ」

そう吐き捨てるように支部長……ビオノークが言うと、周囲から失笑が漏れる。副支部長と呼ばれた男ですら、苦笑いを浮かべている始末だ。

だが、要は引かない。アリサを助けたい。その一心が、要に引かせる事をしない。

そして、何よりも。あのモンスターやレヴェルに比べれば、目の前の男などちっとも怖くはない。

「なんて生意気な目だ。騎士に対する不敬罪があれば牢《ろう》に叩《たた》き込んでやるものを」

「そんなんだからアリサを捕まえるなんて馬鹿な事したんだろう」

ガンッ、と。激しい音と共に要の頬《ほお》をビオノークの拳が叩く。

かなり力を込めただろうその一撃に……しかし、要は倒れない。

「貴様……！　最下級《アザル》如きが私の拳に耐えただと⁉」

「……アリサは無実だ。チャールズはその証拠を持ってる」

睨《にら》みつける要に、ビオノークはプライドを傷つけられた怒りを込めて睨み返す。

「聞く必要などない。罪は明らかだ」

「しかし支部長。こちらに摑《つか》まったアリサさんは深層に潜れる実力がありますよ？」

そう答えるチャールズの前でビオノークは「マギノギア、オン」と唱え巨大な籠手《こて》をその腕に纏《まと》う。黒く艶やかな輝きを持つマギノギア「蟲神《むしがみ》の腕」。ビオノークの騎士団内での権力の象徴であるそれを見て、チャールズは思わず恐怖に唾を飲み込む。

「深層に潜れる実力というのは、こういうものだ。見るがいい！」

蟲神の籠手を纏ったビオノークの拳が振るわれ、触れてもいないというのに衝撃だけで要を大きく吹き飛ばす。

「ぐあっ……！」

「カナメさん⁉」

「分かるか。これが真に強いということだ。気軽に深層に潜れるなどという虚偽を言うものではない」

痛む身体《からだ》を起こしながら、要は胸元のペンダントに触れる。その動きに僅かに警戒したビオノークが拳を向け……しかし響いた「何の騒ぎですの？」という言葉に騎士達が敬礼の姿勢を取る。

「いえ、ハイロジア王女！　戯《たわ》け共をこれから追い出すところです！」

「は？　……ああ、誰かと思えば。まだ諦めてなかったの？」

冷たい視線でハイロジアは要を見ると、次にチャールズへと視線を向ける。

「……貴方《あなた》は？」

「はい、僕は」

「黙れ、口を開くな！」

瞬間、ビオノークの蹴りがチャールズを吹き飛ばす。

「申し訳ありません。下賤《げせん》の聞くに堪えない戯言《ざれごと》が貴方様のお耳を汚すのが耐えがたく」

そんなビオノークの言葉にハイロジアは少し考えると、鷹揚《おうよう》に頷《うなず》く。

「赦《ゆる》すわ。それで、準備は？」

「どうだ、副支部長」

「万全です。いつでも出発できます」

「よし、それでは出るわよ！」

「はい！　全員、出撃！」

ハイロジアの言葉と共に騎士団の面々は支部から出ていき……支部には数人の居残りの騎士と、要達だけが残される。

しかし残った騎士達は要達を気にする事もなく、さっさと建物の中へと入ってしまう。

「チャ、チャールズ……大丈夫か⁉」

「う、ゲホッ……ふう。平気ですよ。ああいう手合いは慣れてますから。まあ、殺すつもりでこられたらヤバかったですが」

王女の前でそこまではしないでしょう、と言いながらチャールズは立ち上がる。

「さて、ここからが本番ですよカナメさん。貴方は今から彼等《かれら》を追いかけ、彼等より先に『一番強いモンスター』を倒すんです」

「一番強い、モンスター……？　それって、巨人の事か？」

「いえ。これは僕の予想ですが、ダンジョンの決壊が始まったのはここ数日の事ではないです。たぶん、それなりの大物が出てるはずです。それが何かまでは分かりませんが」

「ドラゴンよ」

闇の中から、ゆらりとレヴェルが現れそう告げる。

「プシェル村、だったかしら？　その近辺には今、レッドドラゴンが居座ってるわ。あの普人共は、間違いなく死ぬでしょうね」

「レッドドラゴン……」

「え、ドラゴン？　ハハハ、まさか。流石《さすが》にそんなものが出てきたら、如何《いか》に水竜の鎧みたいな強力なマジックアイテムをビオノークが持っているといっても、死にますよ？」

「え、いや。俺じゃなくて」

「無駄よ。死の力を纏《まと》う私から普人は自然と目を逸《そ》らし認識できなくなる。今は貴方に見える濃度だっていうだけの話よ」

「……やっぱり俺にしか見えないって事か」

「ですから何の話ですか？」

レヴェルの存在をチャールズは本当に認知できないらしいと悟り、要はなんでもないと返す。説明してもいいのだが、きっと信じて貰《もら》えないしレヴェルもそれが真実だと証明する気は……無さそうだ。

「……チャールズ。本当にレッドドラゴンがいるなら、それを倒せばアリサの無実は晴れるかな？」

「本当に居たならですけど、文句なしですね。どうせビオノークは証拠も無しに押し切る気なんです。でしたらこっちもカナメさんがアリサさんの相棒だってことにして『こんなに強いのにダンジョンを隠蔽なんかするか』とあの王女様の間で押し切るんです。ドラゴンを倒せる冒険者がダンジョンを隠蔽するなんて、そんなアホな話があるわけないですからね」

「分かった。なら、行ってくる」

「ええ、お気をつけて。僕の見た感じ、カナメさんは最下級《アザル》程度じゃ収まらない魔力ですから、ドラゴンは無理としても……下級《デルム》の巨人《ゼルト》くらいならいけそうな気もしますよ」

「……それってダメじゃないのか？」

「ええ、ダメですね」

言いながら、チャールズは要に丸めた羊皮紙を手渡してくる。

広げてみると……どうやらそれは、プシェル村へ行く為《ため》の地図であるようだった。

「でもですね、なーんとなくですけど。いけそうな気もするんですよ。僕に与えられた占術の神デルセイアの祝福のせいかもしれませんし、単純に気のせいかもしれませんけど」

そう言って、チャールズはヒラヒラと手を振る。

「行ってらっしゃい、カナメさん。貴方の事は嫌いじゃないですから、出来れば死なないでくださいね」

チャールズに見送られながら、要は支部を出て……自分の隣に立つレヴェルに声をかける。

「……レヴェル」

「何かしら？」

「俺に、力を貸してくれないか」

「あら。今一人でカッコよく行く雰囲気じゃなかったかしら？」

悪戯《いたずら》っぽい笑みを浮かべるレヴェルに、要は「それが出来るならいいんだけど」と答える。

「でも、少しでも可能性を上げたいんだ。頼む、手伝ってくれ」

そんな要の願いに、レヴェルはしばらく髪を弄《いじ》り悩むような様子を見せた後、溜息混じりに頷く。

「……仕方ないわね。どうせもう、口は出してるし。今回だけ、力を貸してあげるわ」

「ありがとう。助かるよ」

「でもさっきの話だと、貴方がレッドドラゴンを倒さないと意味が無いのよ？　それは分かってる？」

「ああ、だから……」

言いながら、要はペンダントを握る。

「使えるものは全部使う。そうやって、アリサを助けるんだ」

「……ソレを、ね。まあ、必要でしょうね。でも分かってる？」

「元々『俺の力』なんだろ？　絶対に制御してみせるさ」

「……ならいいのだけれど。貴方のもたらす安定より被害の方が大きいと判断したら、私はいつでも貴方を殺すわよ」

「ああ」

レヴェルの警告を……しかし、要は一切恐れずに頷き返す。

「俺がそんな荒神にならない為に……俺には、アリサが必要なんだ」

「……そ。なら精々、頑張る事ね」

言いながら何処《どこ》かへ歩いていこうとするレヴェルに、要は思わず「何処に行くんだ？」と声をかけてしまう。

「何処って。森でしょ？　しっかりしなさいよ」

「え、あ」

言われて要は手の中の地図に視線を落とす。なるほど、確かにそちらの方角だ。

「……そっか。案内してくれるんだな」

「勘違いしない事ね。私、無駄な時間が嫌いなのよ」

言いながら髪をかきあげるレヴェルに、要は笑う。

「分かってる。それでも、ありがとう」

「……フン、さっさと行くわよ」

☆★☆

そして、要は二人であの森の前に立っていた。

あの時は、要とアリサで森から出た。今は、要とレヴェルで森に入ろうとしている。

プシェル村に続く整備された道は幸いにも封鎖されていなかった為、追うのは簡単だ。

欠けた月が地上を照らす夜。暗い森は全てを呑《の》み込むかのようにザワザワと啼《な》いている。

「……夜の森、か」

「遠くから戦闘音が聞こえるわね。随分頑張ってるみたいだけど……」

「え、随分速いな。そんなに時間差はないはずなのに」

「当然でしょ？　整備された道を行く分には馬は速いわ。徒歩で行く私達とは比べ物にならないくらいにね」

言いながら、レヴェルは要を呆《あき》れたような目で見上げる。

しかし、そんな顔をされても要としては困ってしまう。

「いや、王女様がいるならゆっくり優雅に行くかと思ってたんだよ」

「そうではなかったって事ね。それで？　どうするの。夜の森の暗さに怖気付《おじけづ》いているなら帰る？　ついでに貴方が自棄《やけ》になる前にサクッと殺してあげるわ」

「嫌な事を言うなよ。出来るわけないだろ」

「そう？　ならいつまでも突っ立ってるのはお勧めしないわ」

「分かってる」

弓を構えて、要は森の中に入る。地図によれば、この道を進めばプシェル村とかいう村に着くはずだ。

「ほら、見て御覧なさいよ。後を追うのは簡単そうよ？」

レヴェルに服の裾を引かれて、要は道の端を見る。

「うっ……」

そこには多数のモンスターの死骸が放置されており、騎士団が此処《ここ》を通ったのであろう痕跡が残されている。

「こんな場所までモンスターが出てきている。破滅まであと一歩だったってところね」

「もう間に合わないって事、なのか？」

「間に合うわよ。そう望み足掻《あが》くなら、いつだって」

「なら行かないと。足掻く為に、俺は来たんだ」

「ええ、そうね？」

恐怖に震える足を前へと進め、要は歩く。此処には、アリサは居ない。

それでも、この手にアリサの命がかかっている。ハイロジア達がドラゴンを倒すよりも先に、ドラゴンの下へと辿《たど》り着かなければならない。そう考えると、自然と要の足は速くなる。少しでも早く、少しでも速く。焦る心が足を動かすからだ。

「俺達、でしょ？　それとも私は要らない？」

その焦りを看破したのだろうか、からかうような、あやすようなレヴェルの声が要の心を少し落ち着ける。

「焦りは視野狭窄を招くわ。そうなれば、気付くはずのものにも気付かない。こんな風にね？」

そんなレヴェルの声と共に、森の奥から何かが走ってくる。邪妖精《イヴィルズ》。そう呼ばれるモンスター達を視認し、要は弓を構える。その手は矢筒の矢ではなく、ただ虚空を掴《つか》む。いや、違う。そこにある「風」を要は掴み、掌握する。

「矢作成《クレスタ》」

変換する。風から、一本の矢へ。頭の中に浮かぶ無数のイメージの中から一つを掴み取り、要はその矢の名前を唱《とな》える。

「風爆の矢《ダムウインアロー》」

生まれた矢を番《つが》え、放つ。着弾と同時に荒れ狂う爆風は邪妖精達《イヴィルズ》を纏《まと》めて吹き飛ばし、ついでとばかりに木々をも消し飛ばす。

「派手ねえ。相変わらずだわ」

そんな呆れ混じりのレヴェルの言葉には答えず、要は走る。こんなところで足止めを食っている暇は無い。無い、のだが……今の爆発音に惹《ひ》かれてきてしまったのだろうか。数体の下級灰色巨人《デルム・グレイゼルト》が要達の行く先に姿を現す。

「この……っ！」

再び風を掴もうとした要目掛けて、下級灰色巨人《デルム・グレイゼルト》達が殺到する。この距離ではもう、風爆の矢《ダムウインアロー》は使えない。そう要が躊躇《ちゅうちょ》した時には、もう下級灰色巨人《デルム・グレイゼルト》のうちの一体が要の眼前で棍棒《こんぼう》を振り上げている。

「くっ……!?」

「駄目ねぇ。まだまだ、っていう感じだわ」

しかし、次の瞬間。レヴェルの鎌に足を裂かれた下級灰色巨人《デルム・グレイゼルト》がグラリと揺らぎ木々を薙《な》ぎ倒しながら倒れていく。

「もっと考えて戦いなさい？　森には貴方《あなた》向きの材料がたくさん落ちているでしょうに」

言いながら、レヴェルは鎌を振るう。死の神であるレヴェルの魔法にして武器。斬るだけで相手に死を押し付けるその鎌は、下級灰色巨人《デルム・グレイゼルト》達を次々と一撃で斬り殺していく。

「俺向きの、材料……」

「そうよ、それに貴方の力の有利な点は『保存が利く事』よ。そうでしょう？」

地面に触れる。そして、倒れた木に触れる。そうしてみて、要はレヴェルの言っていた事に気付く。

「……そうか。そういう、ことか」

要は呟《つぶや》くと、矢筒の中の矢を投げ捨てる。こんなものには、今は用は無い。

まずは土を掴み、掌握する。

「矢作成《クレスタ》・叩き砕く岩の矢《ヴエガルアロー》」

そうして出来た矢を矢筒に入れると、次は倒れた木に手を触れる。

「矢作成《クレスタ》・静かなる森の裁きの矢《フオルゼスジヤツジアロー》」

完成した矢を眺め、要は頷《うなず》く。

「よし……これだ」

静かなる森の裁きの矢《フォルゼスジャッジアロー》を矢筒に入れると、要は他の倒木に近づき同じ矢を数本作成して矢筒に収めていく。これでもう、矢作成《クレスタ》による隙は無い。

「もう大丈夫、行こう」

「そう？　なら行きましょうか……こっちを見てるアレをなんとかしたらね？」

「分かってる。『見えて』るよ」

呟きレヴェルが視線で示す先。森の中から此方《こちら》を見ている邪妖精達《イヴィルズ》の姿があった。そしてそれは当然、要の発動した弓神の魔眼から隠れきれるはずもない。木々の陰に隠れようと、夜闇に紛れようと……その魔力だけは、隠しようもない。

「大丈夫、すぐに終わらせる」

「ええ、期待してるわカナメ」

要が、弓に矢を番える。それは先程作ったばかりの静かなる森の裁きの矢《フォルゼスジャッジアロー》。キリキリと音をたてて番えられる矢は放たれると同時に、無数の矢に分裂し飛翔《ひしょう》する。

「ギッ……!?」

その光景に驚いた邪妖精《イヴィルズ》は、ある者は回避しようと身を屈《かが》め、ある者は防ごうと木の陰に隠れて、ある者は叩《たた》き落とそうと武器を振り回す。

けれど、その全ては無駄に終わる。

回避しようとした者は軌道を変えた矢に貫かれた。

木を盾にした者は木の直前で不可思議な軌道を描いた矢に貫かれた。

振り回した武器をするりと回避する矢は、武器を振り回す者を捉え突き刺さった。

木々の間を縫うようにして逃げた者は、同様の軌道を描いて飛ぶ矢に貫かれた。

そうして放たれた無数の矢は邪妖精達《イヴィルズ》を残らず貫いて、ただの一匹も逃さずその命を刈り取った。

「……鮮やかなものね。かつての貴方を思い出すわ」

「その『かつての俺』ってのはよく分からないけど……ドラゴンを、倒せそうかな？」

「貴方次第ね」

「そっか。それなら、今はそれで充分だ」

走り出す要の後を、レヴェルも追う。今の要の中を「アリサ」という少女が占めている事は、レヴェルにも充分すぎる程に理解できている。そして、それが要の行動基準……あるいは倫理にも影響しかねない事も理解できていた。

その性質が善ならば良いが……そうでないならば。

（その時は、その女も殺す必要があるかもしれないわね……）

要に気付かれぬように、しかし暗い笑みを浮かべながらレヴェルは決意して。

しかし、すぐに響いてきた音に意識を切り替える。

「……カナメ。どうやら戦況に変化があったみたいよ？」

「そうなのか？　俺にはよく分からないんだけど……」

「その辺りは魔力の扱いの差ね……まあ、予想通り……といったところかしら？」

その呟きの意味は分からずとも……きっと良い意味ではないのだろうな、という事くらいは要にも想像できた。

☆★☆

少し時間は巻き戻り、要達が森の入り口に辿り着いた頃。先行していた……というよりも決着をつけるつもりで進んでいたハイロジアと騎士団の面々は、馬の速さを活《い》かしプシェル村の周辺へと辿り着いていた。

「ハイロジア王女、もうすぐプシェル村に到着します」

「そう。中々に順調みたいね？」

「それはもう。たかがモンスター如《ごと》き、俺の敵ではありません」

自信満々に言うビオノークだが、その自信も身の丈に合っていないというわけでもない。

彼が身に着けている「水竜の鎧《よろい》」は高価なマジックアイテムで、火への高い耐性を得る事が出来るものだ。単純に鎧としても上等であり、蟲神《むしがみ》アトラスの中級《ミルズ》の加護も伊達《だて》ではない。

王都まで行けばビオノークの加護も「並よりは上」程度だろうが、この辺境では充分すぎる程に最強の一角だ。そして、そんなビオノークからしてみれば王都から来た王女であるハイロジアがこの場にいる事は成り上がりの最高の機会だった。

ラナン王国第十六王女、ハイロジア・ラナン・ラズシェルト。

噂《うわさ》によれば婚約者に成り得る「強い男」を探して国中を巡っているとも言われており、つまり自分がその候補になれるのではないかとビオノークは夢想していた。

もしそうなれば、こんな辺境に押し込まれる生活ともお別れだ。王族の配偶者、そして「騎士姫」に認められた強者としての輝かしい生活が待っている。

「くっくっく……」

思わず、そんな含み笑いをビオノークは漏らす。

簡単な事だ。このまま進撃してプシェル村に巣食うモンスター共を一掃し、ダンジョン内のモンスターを少し掃除してやればいい。

ただそれだけで、この辺境の街にダンジョンという資源をもたらし街の危機をも救った英雄の立場が得られる。

「支部長」

「おっと」

隣で馬に乗る副支部長に諌《いさ》められ、自分の笑い声が馬車の中のハイロジアに聞こえてはいないかと視線を向けるが……ハイロジアからは何も言葉は無い。

「それにしても、拍子抜けですな。ほとんどが邪妖精《イヴィルズ》、時折下級灰色巨人《デルム・グレイゼルト》。数が居る割には然程《さほど》の強さを持つモンスターも居ません。まだダンジョンバーストからあまり時間がたっていないのでしょうか？」

余計な事を、とビオノークは思う。「騎士姫」などと言われたところで、王都のお姫様がモンスターについて詳しいはずもないのだ。凄《すさ》まじいモンスター共の猛攻をビオノークと騎士団の大活躍で防ぎました、としておけばいいのだ。

「油断は禁物だ、副支部長。俺はお前等《まえら》の勇猛さを信じているが、油断が致命的な結果を招かないとも限らん。気を引き締めるのだ」

何処《どこ》かの騎士物語のような事を急に言い出したビオノークに「ああ、ハイロジア姫様にカッコつけたいのだな……」と察した副支部長は「勿論《もちろん》です、支部長」と調子を合わせる。

(まったく……ロクデナシのくせに、そういう所だけは知恵が働く)

声には出さずとも、そんな事を考える副支部長だが……彼のそんな心境も仕方のない事だ。

ビオノークが父親であるシュネイル男爵にレシェド支部に押し込まれてこなければ、本来は彼が支部長になっていたはずなのだ。

そんなゴリ押しでやって来て毎日する事と言えば酒と女遊びなのだから、不満も溜《た》まろうというものだ。

ビオノークさえ居なければ。そう思ってはいても、高いマジックアイテムを纏《まと》い自分よりも強い祝福を持つビオノークに実力で勝ることも出来ない。

鬱屈した自分の感情を再認識しながら、副支部長は走ってくる伝令に気付く。

確かにプシェル村に先行偵察部隊を出してはいたが、それだろうか。

そう考えた副支部長は「何事か!」と問いただす。

「ご報告します!　プシェル村入り口周辺にモンスターの姿は確認できず!　ただいま、更に奥へと偵察を進めている最中であります!」

その言葉に、ビオノークが大げさに肩をすくめてみせる。

「おやおや、これでは俺の出番が無いな？」

「そうですね。しかしモンスターの姿が無いとは……」

「すでに駆除しきってしまったのかもしれんな」

「かもしれませんね」

そんなわけがあるか、と副支部長は心の中で吐き捨てる。

村に居ないという事は、その周辺にモンスターが拡散したのだ。

場合によっては非常に面倒な事になるし、プシェル村の中に生き残りはもう居ないだろう。

確かプシェル村はそう大きな村でもないから事後処理も少なそうではあるが……そんな苦労も自分に丸投げしているから気付かないのだ。そう心の中だけで毒づきながら、副支部長はビオノークの自画自賛に相槌《あいづち》を打っていく。

やがてプシェル村の入り口に辿《たど》り着くと、ビオノークはここぞとばかりに指示を出す。

「よし、何処かにモンスターが隠れていないとも限らん！　此処《ここ》に拠点を敷き、周囲の探索を始めよ！」

その命令に騎士達が敬礼し、荷物を降ろしたり馬を繋《つな》いだりといった動きを始める。

副支部長も馬から降りその様子を眺めながら「そういえば」と思う。

そういえば、村の奥へと偵察を進めた騎士達は何をやっているのか。

まさか金目の物を漁《あさ》っているのではないだろうか。

そんな不安に襲われながらも、副支部長はその考えを頭から追い払う。

もしそうだとして、支部長であるビオノークが責任を取ればいいのだ。

(私には関係ない。全部こいつの責任だ)

「ん？　どうした副支部長」

「いいえ、支部長の采配に感動しておりました」

心にもない世辞を副支部長が言えば、ビオノークは分かりやすく機嫌が良くなる。

そんな二人の会話を馬車の中で聞きながら、ハイロジアは小さく息を吐く。

支部長も副支部長も小物である事は分かっていたが、想像以上だ。

「貴女《あなた》はどう思う？　クシェル」

「そうですね……」

馬車の外の気配を探るようにしながら、クシェルはハイロジアに答える。

「……相当、拙《まず》い状況かもしれません」

「やっぱり？」

「はい。中級《ミルズ》のモンスターがこの村の何処かに居る想定はすべきかと」

ダンジョンバーストが起こっている状況で、村にモンスターが居ない。

それはつまり、此処まで遭遇した邪妖精《イヴィルズ》や下級灰色巨人《デルム・グレイゼルト》が逃げ出すような強さのモンスターが此処を縄張りとして居座っているという証明だ。

そんな事も分からないとは何処の素人かという話なのだが……こんな辺境では仕方ないかとハイロジアは思う。

そして同時に、そんな素人共に中級《ミルズ》のモンスターは相手できないだろうとも思う。

唯一の例外はビオノークだろうが、あんなカッコつけだけの男に何処まで出来るものか。

たかが中級《ミルズ》程度の祝福で偉ぶっているのだからたいした事は無いだろう。

ハイロジア含め、王族であれば上級《セラト》は当然。出来の悪い妹であり第十七王女のエリーゼですらギリギリではあるが魔法の神ディオスの上級《セラト》なのだ。中級《ミルズ》など、鼻で笑う程度でしかない。

「私が出る事になりそうね……」

「いえ、その時は私が片付けいたします」

そんな事を言う二人の胸元には、大きな宝石の嵌《はま》った金色のペンダントが輝いている。

つまり、二人とも上級《セラト》。そんな彼女達から見れば騎士団の面々が雑魚にしか見えないのは当然であっただろう。

「あら、ダメよクシェル。私の暇潰しをとっちゃ嫌よ」

クスクスと笑うハイロジアにクシェルが真面目な調子で「申し訳ありません」と答えて。

そんな会話が馬車の中でされているとは思いもしないビオノークは、自分の明るい未来を夢見てぼーっと空などを見上げていた。

そして……見てしまった。見てしまった「それ」に、ビオノークは目を見開いた。

有り得ない。幻だ。昨日、酒を呑《の》みすぎたか。

居るわけがない。こんな所に、そんなものが居るはずがない。

居ていいはずがない。だって、だって……アレは。

「……ドラ、ゴン」

脅《おび》えたように、副支部長は呟《つぶや》く。

そう、そうだ。空を舞うアレは。真っ赤な鱗《うろこ》で覆われた巨大な身体《からだ》を持つソレは。

空舞う覇王。悪夢の体現者。現時点で確認されている限り、最強のモンスターの一角。

レッドドラゴンと呼ばれるソレが、空からビオノーク達を見下ろしていた。

「ド、ドラゴン……」

「ドラゴンだあああ!?」

その姿を直接見た事は無くとも、様々な絵でドラゴンを知っている者は多い。

特に成り上がり志向の強い辺境騎士であれば誰もがドラゴン退治を夢見た事がある。

けれど、その機会が現実のものとなって欲しいかと言えば話は別だ。

自分にドラゴンを倒す力が無い事など、騎士達は理解できている。

だからこそ、騎士達は恐怖に叫んで。

「落ち着け！　まさかドラゴンが出てくるはずがないだろう！　あれは少しデカいだけの下級ドラゴン《デルム》だ！」

要の世界であればファンタジーにおけるワイバーンと呼ばれるだろうモンスターの名前を出し、ビオノークは叫ぶ。

そんなはずはないと本能が全力で叫んでいても、ビオノークは目の前の現実を認めない事を選んだ。

そして、騎士達も同様であった。

「全員、魔法を唱《とな》えよ！　あの育ち過ぎた羽トカゲを地面に叩《たた》き落としてやれ！」

「ハッ！」

士気を取り戻した騎士達を空から見下ろし、レッドドラゴンは牙の並んだ口を開けて笑う。

「ククク……クハハハハ。育ち過ぎた羽トカゲときたか。中々良い罵倒だ。そのようなもの、生まれてから初めて聞いた」

「しゃ、喋《しゃべ》ったぞ!?」

「何をくだらん事を。言語がお前等だけのものだとでも思ったか」

そう呆《あき》れたように言うと、レッドドラゴンは周囲の建物を踏み潰しながら地面に降りたっ。

「さあ、ほれ。降りてきてやったぞ。どんなものを見せてくれる？」

早くしろ、と顎をしゃくるような仕草をするレッドドラゴンに、ビオノークは頭に血が上るのを感じる。

「何をしている！　魔法を放てと言っただろう！」

「は、はっ！　氷撃《アタックアイス》！」

「風撃《アタックウインド》！」

「土撃《アタックアース》！」

次から次へと放たれる騎士達の魔法がレッドドラゴンの表面で炸裂《さくれつ》し、余波で土埃《つちぼこり》が巻き上がる。

「今だ！　全員抜刀！　突撃……っ！」

合図と共に騎士達が走り……しかし、その足はすぐに止まる。

当然だ。そこには傷一つないレッドドラゴンがビオノーク達にも理解できる程につまらなそうな表情で佇《たたず》んでいたのだから。

「……つまらぬ。何をするかと期待すれば、こんなものか」

「クッ、ハ、ハハハ！　多少は硬いようだな羽トカゲ！　ならば俺の魔法を受けるがいい！　水よ、荒れ狂いて」

「もう良い。雑魚は疾《と》く消えよ」

ゴウ、と。溜息《ためいき》をつくような気軽さで、レッドドラゴンの口から炎が放たれる。

ドラゴンブレスというには弱く、しかし先程騎士が放った炎の魔法よりは余程強く。

その程度の手加減された炎が大地を舐《な》める。

「があああああ！」

「ぎゃあああああ!?」

だが、人を殺すにはそれでも充分。炎にまかれた騎士達が燃え上がり絶命し、馬も馬車も火に包まれ残った家々も燃え上がる。

副支部長はとっさに展開した魔法防御の魔法……魔法障壁《マジックガード》で何とか防ぎきり、ビオノークは水竜の鎧《よろい》に付与された火耐性によって耐えきる。

そして、燃え落ちた馬車の中からは……同様に魔法障壁《マジックガード》を展開したクシェルと、それに守られ傷一つないハイロジアの姿が現れる。

ドラゴンの存在に脅《おび》え惑う騎士団の面々と違い、その立ち姿は堂々としたものだ。

「ふう……まさかドラゴンとはね」

「ええ、予想を遥《はる》かに超える状況でした」

「仕方ないわ。辺境とはいえ、ドラゴンが出る程の長期に渡ってダンジョンを放置しているとは思わないもの。そんな隠蔽しきれるはずもない状況を見逃しているくらい、この街の騎士団が無能だともね」

「ハ、ハイロジア王女……!?」

「気安く呼ばないでくれるかしら」

完全にビオノークを見下した表情で、ハイロジアは告げる。

「この失態はドラゴンを倒した後で追及するわ」

「お、お待ちを！　奴《やつ》のドラゴンブレスが俺に通じない事は明白！　此処は俺に……！」

「手加減されている事にも気付かない無能はいらないわよ？」

「馬鹿な、そんなはずはありません！」

言い争いをするハイロジア達を、レッドドラゴンは面白そうに見守っていた。

見苦しい。なんと見苦しいのだろう。どうせ皆纏《まと》めて焼けて死ぬというのに、なんと愚かしい。

そう考え見物していたレッドドラゴンの前に、一人の少女が進み出てくるのにレッドドラゴンは気付く。

この場にいる人間の中でも中々に目立つ色合いの格好をした少女を見下ろし、レッドドラゴンは楽しそうに問いかける。

「どうした、普人の子供よ。命乞いか？」

「いいえ」

「ほう、では何の用事か」

「メイドナイト、クシェル。主《あるじ》の安全確保の為《ため》、貴方《あなた》を排除させていただきます」

言いながら短杖《たんじょう》を構えるクシェルに、レッドドラゴンは耐えきれないといったように笑う。

「ハハハ、ハハハハハハ！　そうか、そうか！　で、その小さな杖《つえ》で我に通じる魔法を見せてくれるというわけか！」

「いいえ」

答えるクシェルの金色の目が、輝きだす。

レッドドラゴンの炎で赤く染まる村を黄金に染める程の、その眩《まばゆ》い光。

それを見た瞬間、レッドドラゴンの雰囲気も一瞬で真剣なものに変わる。

「貴様、それは……魔眼か！」

「破壊の魔眼。希少なる魔眼の中でも最も破壊に長《た》けた魔眼の力、ご覧に入れましょう」

その瞬間、レッドドラゴンの表面で凄《すさ》まじい音をたてて爆発が起こる。

その巨大な身体を揺るがすような衝撃が連続し、レッドドラゴンが大きく揺らぐ。

「お、おお……なんだあのメイドは!?　あれは……一体……！」

「魔眼よ。才ある人間の中でも凄まじく低い確率で一部の者に発現すると言われる力ある瞳。クシェルが持っているのは、その中でも特に強力な魔眼……破壊の魔眼なのよ」

自分の事のように自慢げにハイロジアは言うと、ゴミを見る目でビオノークを見る。

「少なくとも、貴方のその鎧とは比べ物にならないわね？」

「そ、そんな事はありません！　俺にはまだマギノギアがあります！」

「ええ、そうね。でも、それも……」

爆発音が、止まる。ぜえぜえと息を切らすクシェルの向こうにあったのは……やはり無傷の、レッドドラゴンの姿。

「え……」

それが信じられず、ハイロジアは呆《ほう》けたような声を出す。

クシェルの破壊の魔眼は、並の上級魔法など凌駕《りょうが》するだけの威力がある。

それを連発して無傷。それが信じられなかったのだ。

そして、それが理解できていないビオノークにとってみれば……それは千載一遇のチャンスでしかない。

「ハ、ハハ！　やはり俺の出番のようだ！　マギノギア、オン！」

叫ぶと同時に、ビオノークの腕を巨大な籠手《こて》が覆う。

「これぞ俺に与えられたマギノギア、蟲神《むしがみ》の腕！　さあドラゴンよ、覚悟せよ！」

「煩《うるさ》い奴だ」

どうでも良さそうにレッドドラゴンの口から放たれた火球が、一瞬の判断で横っ飛びに避《よ》けたハイロジアの近くで籠手をつけた腕を掲げていたビオノークの水竜の鎧を砕き弾《はじ》き飛ばす。

「があああっ!?」

地面に叩き付けられ痙攣《けいれん》するビオノークをそのままに、レッドドラゴンはクシェルを見下ろす。最強と謳《うた》われる存在に見下ろされクシェルは僅かな脅えを滲《にじ》ませ……しかし、気丈にレッドドラゴンを睨《にら》み返す。

破壊の魔眼の連発で魔力も消耗し、体力もかなり削られている。しかし、戦えない程ではない。

「クシェルといったか。中々に面白い芸だった。しかし、もう少し一撃に威力を込めるべきだったな。この程度では我の鱗《うろこ》を砕くには足らん」

「くっ……なら……」

「いや、もう飽いた」

レッドドラゴンの口から火球が発射され、クシェルは展開した魔法障壁《マジックガード》を砕かれながら吹き飛ばされる。

「クシェル⁉」

地面に叩き付けられ呻《うめ》くクシェルを心配しハイロジアは叫ぶが、すぐに自分を見る視線に気付きレッドドラゴンへと向き直る。

「さて、残るは貴様一人か」

「一人……ええ、そのようね」

いつの間にか副支部長は逃げている。それが正解か不正解かは後で分かるだろうが……その結果を知るには、ハイロジアは此処《ここ》で生き残らなければならない。

そして当然、ハイロジアはこんな場所で死ぬつもりなどなかった。

「それで？　貴様はどのような芸を見せてくれる？」

完全に遊んでいるレッドドラゴン相手に、ハイロジアは盾を前に突き出しながらブロードソードを構える。

そんなハイロジアの姿を見て、レッドドラゴンは僅かに瞳を細める。

「……その剣。憎きアルハザールの力を感じる。そうか、それが貴様の切り札か」

「ええ、そうよ。これが私のマギノギア……戦神のブロードソード。如何《いか》に貴方が硬くても、これに耐えられるかしら！」

「ククク……強がっているな」

その言葉に、ハイロジアはビクリと震える。

「分かるぞ、分かるぞ。ダンジョンに生み出された我ではあるが、人間を屠《ほふ》る喜びは知っている。かつて我と同じ姿をしたドラゴンが天空を駆けていた頃の記憶の断片を持っている」

「何、を……」

「分かるぞ。あのクシェルとかいう子供の援護なくば、貴様が我にその剣を届かせることは出来まい」

そう、その通りだ。ハイロジアが持っている祝福は、アルハザールの上級《セラト》。

剣の才能を引き上げる祝福と強力な剣の形のマギノギアを持つハイロジアは、魔法に関してはクシェルに頼る部分が大きかった。

自然とクシェルの援護を前提として戦うハイロジアの戦闘スタイルが出来上がったのだが……。

「ナメないで。その余裕……ブチ壊してあげるわ！」

「ハハハ、怖い怖い！」

レッドドラゴンの姿が、消える。いや、飛んだのだとハイロジアが気付いたのは一瞬後。

戯れのように叩《たた》き付けられた尻尾《しっぽ》に弾《はじ》き飛ばされたのは、更にその後。

「か、はっ……」

地面に転がるハイロジアを見て、宙に浮かぶレッドドラゴンは嗤《わら》う。

「ハハハ！　怖すぎて、つい尻尾で軽く叩いてしまった！　どうだ平気か、自慢の剣は大丈夫か⁉」

「こ、の……」

「どうした、我の余裕をブチ壊すのではなかったのか？　それともなんだ。目の前で首を差し出してやらねば、自慢の剣は届かんか！　おお、怖い。なんと怖い！　一体どうすればそんなサービス精神を発揮してやれるのか！　なあ、どんな芸をしてくれるんだ⁉」

ゲラゲラと嘲笑《あざわら》うレッドドラゴンを見上げ、ハイロジアはよろよろと立ち上がって。

飛んできた手加減気味の火球に吹き飛ばされ地面に再び転がる。

「ハハハ、ハハハハハハ！　どうした、どうした！　いつ余裕をブチ壊してくれる⁉　いつ来るかもしれぬ恐怖に泣いてしまいそうだ！」

立ち上がる度に、吹き飛ばされ転がされる。

その繰り返しに、ハイロジアの心は少しずつ削られていく。

「こ、の……うあっ！」

吹き飛ばされる。転がる。そして、転がったその先で……一人の少年に、ぶつかった。

「あ、なたは……」

レクスオールの祝福を持つ、最底辺の少年。何故《なぜ》こんなところにいるのか。

名前すらも覚えていない少年の姿に、ハイロジアは残った意地を掻《か》き集める。

「逃げなさい……！　こんな所に居ては！」

叫ぶハイロジアの前で、少年は無言で弓を構える。

その瞳は、強く輝いて。レッドドラゴンの全てを見通すかのようですらあった。

そして、そんな少年の瞳を何と呼ぶかを……ハイロジアは、知っている。

「魔眼……？　でも、こんな魔眼……私は、知らない……」

少年は、答えない。ただ、その輝く魔眼でドラゴンを見据えている。

「矢作成《クレスタ》・風爆の矢《ダムウインアロー》」

少年の手の中に集まっていく尋常ではない量の魔力が、一本の矢に変わる。

まるで超強力なマジックアイテムか何かのような……下手をするとマギノギアのような魔力を秘めた矢が弓に番《つが》えられ、放たれる。

「ガ、アアアア⁉」

クシエルの破壊の魔眼を彷彿《ほうふつ》とさせる爆発が、レッドドラゴンを後退させる。

やはり鱗に傷は無いが、レッドドラゴンは新たに現れた敵を……要を正面から見据える。

「貴様……何者だ⁉」

楽しみを邪魔され怒るレッドドラゴンを睨みつけたまま立つ要の後ろで、ハイロジアには見えない程度に姿を消しているレヴェルが小さな声で囁《ささや》く。

「それじゃ、頑張りなさい？」

「ああ」

「どうしてもダメなら、呼びなさい。ちょっとくらいなら、助けてあげない事もないわよ」

そう言って離れていくレヴェルの気配を感じながら、要は再び風を掴《つか》む。

「矢作成《クレスタ》・風爆雨の矢《ウル・ダムウインアロー》」

番える、放つ。先程レッドドラゴンを後退させた矢が、今度は要の弓から離れると同時に無数に現れ出る。

「な……っ、グガアアアアアアア！」

文字通り風のような速度で迫る無数の矢が、レッドドラゴンの表面で爆発を起こす。

そして、その間に要は土を摑んでいる。

「矢作成《クレスタ》・叩き砕く岩の矢《ヴェガルアロー》」

「ギ、アアアア!?」

爆発の嵐をレッドドラゴンが耐える隙に放たれた矢が、レッドドラゴンの鱗を砕く。

その痛みにレッドドラゴンは悲鳴をあげ、ハイロジアは呆けたような顔で要を見上げる。

「……噓《うそ》。こんな、有り得ない。一つ一つが、並のマギノギアを超える威力……それを、こんな使い捨てのように？」

そう、有り得ない。矢の形のマギノギアをレクスオールの祝福を授かった者が作れる事はハイロジアも知っていた。

しかし、そのほとんどは低級魔法程度の効果しかなかったはずなのだ。

だからこそレクスオールの祝福は最弱とされてきたのに、これは。

「矢作成《クレスタ》……！」

「調子に、乗るなああああああああ！」

先程までの手加減していたものとはレベルが違う火球が……要達など簡単に飲み込みそうな程に巨大な火球が地上を焼き尽くさんと放たれる。

「いけない……！」

この少年を、守らなければならない。そんな使命感と共にハイロジアは立ち上がり、要の前に立つ。

今は、この少年がレッドドラゴンに対抗できる最後の手段。それを理解してしまったからこそ、ハイロジアは魔力を振り絞る。

「魔法障壁《マジックガード》！」

現れる輝く障壁がハイロジアと要を守り、しかし一瞬の後に砕け散る。

死ぬ、と。そうハイロジアが感じたその瞬間。要の手が火球に触れた。

「矢作成《クレスタ》……っ」

一瞬、火球が揺らいで。しかし、バチンッと弾かれるような音と共に要が吹き飛び火球があらぬ方向へと飛んでいく。

「くそ、失敗した……！　今の、ファイアボールとかそういうのじゃないのか！」

掌握すべき「素材」の把握を、誤った。レヴェルの時と同じだ、と要は思う。

要の矢作成《クレスタ》は掌握すべき「素材」を把握しなければいけない。「弓神の目」を使いこなせればある程度は簡単だが、今の要ではそう上手《うま》くはいかない。

レクスオールであれば息をするように扱えていたはずのそれを、要はまだ上手く使えていないのだ。

そして、そんな要を見下ろすようにレッドドラゴンは上空を舞う。

（……あれは、今の矢は。違う、あの詠唱は）

レッドドラゴンが……いや、レッドドラゴンは記録されたダンジョンに記録された「かつて存在したレッドドラゴン」の記憶が、あるいはダンジョンそのものであるともされている破壊神ゼルフェクトの記憶の欠片《かけら》が、レッドドラゴンにその正体を告げる。

矢作成《クレスタ》。そんなものを使えるのは、一人しか居ない。

荒ぶる戦神の一人。最強にして最凶たる弓神。あらゆる全てを矢へと変える者。物質も、非物質も、存在すらあやふやなモノも。「そこに在る」と認識した全てを、その手に触れる全てを「矢の形をした独自魔法」へと変換する神。

傲慢にして絶大なるその権能……矢作成《クレスタ》を持つ神。

弓神レクスオール。その名と恐怖がレッドドラゴンの中に満ちる。

「かつての戦い」と人類が呼ぶ争い。その中で、レッドドラゴンの「元」となった本物のレッドドラゴンはレクスオールに撃ち落とされた。

その時の恐怖を、知らないはずの恐怖を思い出して。レッドドラゴンはしかし、その記憶との差異に気付く。

アレがレクスオールであれば、すでに自分を殺しているはず。

しかし、自分を見上げているアレは自分の鱗《うろこ》を砕くのが精一杯。

有り得ない話だ。何故、何故。

考えて、レッドドラゴンはその理由に辿《たど》り着く。

そうだ、あのレクスオールは……自分の弓を持っていない。

あの歪《いびつ》なる月を、黄金の弓を持っていない。ならば、勝てる。

今なら、全力のドラゴンブレスで消し飛ばせる。

一体何事か弓を投げ捨て自分をぼうっと見上げているだけの要を見下ろして、レッドドラゴンは空高く舞い上がりながら魔力を集中させていく。

「ど、どうしたの⁉　まさか、もう魔力切れ……」

「いいえ」

ペンダントを握りしめながらレッドドラゴンを見上げる要は、ハイロジアにそう答える。

「こうする必要があったんです」

「どういう、意味なの……？」

「俺も、撃つのは初めてだから。アイツには何があっても大丈夫な高度に逃げて貰《もら》う必要があったんです」

何を言っているのか分からない。ハイロジアはどうするべきかと考えて。

しかし、伸ばしかけた手は止まる。要からあまりにも膨大な魔力を感じ取ったからだ。

それは、要の握るペンダントから。溢《あふ》れ出す黄金の輝きが、要の中へと吸い込まれていく。

人の身体《からだ》に収めるにはあまりにも強大な、そして偉大な……荘厳なる魔力。

その全てが一瞬のうちに要の中に入り込み、まるで最初からそうであったかのような安定を見せる。

「マギノギア、オン」

そして、要の手の中に黄金の輝きが集まり形を成す。

たとえるならそれは、歪に欠けた月。黄金の輝きを放つ弓。初めて見るハイロジアにすら「マギノギア」などという範疇《はんちゅう》には収まらないと感じさせるモノ。

いや、それとも。

（私が今までマギノギアだと思っていたものが、そう呼ぶに値しない劣化品……？）

そんな考えを抱いてしまう程に凄《すさ》まじい魔力を放つ黄金の弓を持ち、要はレッドドラゴンを見据えて。

その輝きを。その弓を。ソレを構える要の姿を見て、レッドドラゴンは恐怖に叫びそうになる。

何故だ、何故だ。先程まで持っていたのは普通の弓だったではないか。

何故いきなり「そんなもの」を出せる。

何故だ。我を嬲《なぶ》っていたのか。おのれ、おのれ。おのれおのれおのれ！

叫び出しそうな想《おも》いはそのまま耐えきれずにレッドドラゴンの口をついて出る。

「このまま、むざむざとやられるものかあああああ！」

レッドドラゴンは限界まで高まった魔力をドラゴンブレスへと換え、放つ。

地上を焼き大地を溶かすような最高の威力のドラゴンブレス。

消えろ、焼け溶けろと。絶対の自信を持って放ったドラゴンブレスだ。

「矢作成《クレスタ》」

絶望を呼ぶ、その言葉を。この高度まで来れば聞こえるはずのない要の言葉を、確かにレッドドラゴンは聞いた。

「火竜の吐息の矢《レッドドラゴンブレスアロー》」

ドラゴンブレスが。レッドドラゴンの全力を込めた攻撃が、要の手の中でたった一本の矢に変わる。

地上を溶かし作り変える程の炎が、最強の一角である事を示す炎が……あっさりと、消え去ってしまう。

「あ、あ……」

ハイロジアには、信じられなかった。目の前に居るのは、本当に「レクスオールの最下級《アザル》」などという最底辺の少年なのか。

これでは、まるで……まるで、伝説の英雄。英雄譚《たん》の中から抜け出してきたかのような、そんな絶対的な安心感をハイロジアの前に立つ要は放っている。

「おのれ……おのれおのれレクスオオオオオオオル！　またしても、またしても貴様！　貴様ガアアア！」

再びドラゴンブレスが放たれる。マトモに受ければ自分など焼き尽くされるであろうその炎を、天から降り注ぐ炎を見て……しかし、ハイロジアはもう怖くはなかった。

「矢作成《クレスタ》」

要の手の中に、黄金の輝きが集まっていく。

土ではない。風でもない。火でもない。水でもない。光でもなければ、闇でもない。

それは要の……弓神レクスオールの魔力。自分自身の魔力を矢に変える、弓神レクスオールの放つ最強の矢。

「かつての戦い」で「万物裂く光」とも謳《うた》われた、変換する魔力が大きければ大きいほど威力を増す矢。

「弓神の矢《レクスオールアロー》」

生まれ出た黄金の矢が、黄金の弓から……レクスオールの弓から放たれる。

弓と矢が、同じ要の魔力から生まれた二つの武器が、互いにその力を高め合って。

弓神の目が、レッドドラゴンを捉えて離さない。だからこそ、必中にして必殺。

放たれた矢は、かつてそう謳われたように天を裂く一条の巨大な光線と化した。

炎を裂いて、空を裂いて。黄金の光は、レッドドラゴンを断末魔の声すらあげさせぬままに飲み込んで空へと昇っていく。

その残骸が……僅かな数の鱗が、空から降って来て。要はその一枚を摑《つか》み取って振り返る。

「え……っと。そんなわけで、俺とアリサってドラゴン倒せるくらい強いんですけど。これって、アリサが無罪って証拠になります……よね？」

英雄譚じみた光景から放たれた間の抜けた台詞《せりふ》に、ハイロジアは一瞬きょとんとした顔をして……やがて、大きな声をあげて笑い出す。

「え？　あ、あれ？　なんか間違ってました？　え、でも」

「ふふ、ふふふ！　違う、違うのよ！　あはは！　おっかしい！」

「え？　えええ？」

オロオロとする要に、ハイロジアは涙を拭きながら微笑《ほほえ》む。

「だって、あんな力を見せつけといて……ふふ。でもええ、勿論《もちろん》よ。こんな事出来る人がダンジョンを隠蔽する理由なんてないし、ましてやこうなるまで放置するなんて有り得ないわ！」

そう言ってひとしきり笑うと、真面目な表情になって指を鳴らす。

「クシェル！」

「はい、お嬢様」

「身体はもう平気？」

「はい、無様なところをお見せして申し訳ありません」

深々と頭を下げるクシェルに、ハイロジアは苦笑する。

先程まで彼女が気絶していたのはハイロジアも知っている。

それに、何よりも……あんなドラゴン相手の戦いで責めるつもりなど微塵《みじん》もない。

ハイロジア自身ですら、ドラゴン相手では何の活躍もできはしなかったのだ。

この戦いで活躍したのは……ただ一人。この少年だけだ。

「構わないわ、クシェル。私も貴女《あなた》もまだまだ。それが分かっただけでも収穫よ」

「……はい」

再び頭を下げるクシェルに頷《うなず》いて、ハイロジアはこっそりと逃げ出そうとしていたビオノークへと視線を向ける。

「それよりも。あのクズを捕縛なさい」

「はい」

言うと同時に、クシェルはビオノークを地面に引き倒している。

「ま、待ってくださいハイロジア王女！　俺とてドラゴンと戦った戦友ではありませんか！」

「何を馬鹿な。貴方《あなた》は無様に倒れて気絶したフリを続けていただけでしょう。私が分からないとでも思ったの？」

「う⁉　い、いえ。そんな事は！」

「何よりも、無実の人間を陥れた罪は重いわよ。着せようとした罪に対する罰が倍となって貴方に返ると知りなさい」

ダンジョンの隠蔽は極刑。それの倍などとは、どれ程の。

一気に顔を青ざめさせたビオノークはクシェルに押さえられたまま必死で叫ぶ。

「そ、そんな！　それに、そのガキが嘘《うそ》をついてるのかもしれません！　大体あんなマギノギア、有り得ない……！　そうだ、王家の財宝たる貴重なマジックアイテムを盗んできたのかも！」

「しかし！」

「王家の警備はそんなザルではないし、あれ程のものを作り出すようなマジックアイテムなど存在しないわ」

「黙らせなさい」

ハイロジアの命令で、クシェルはビオノークの顔を地面へと叩《たた》き付け気絶させる。

端整な顔から鼻血を出しながら転がるビオノークを汚いものを見るような顔で見ながら、クシェルはハイロジアに「完了しました」と声をかける。

「ええ、ありがとう。クシェル。それにしても……」

それにしても、確かに有り得ない。

興奮から冷め冷静な部分が顔を出してきたハイロジアの思考は、先程の要が見せたものが異常すぎる事を指摘する。

あの黄金の弓はすでに消え、要の魔力は大分減っているようにも感じる。

胸元にはあのペンダントが再び戻っている、が……。

「……あら？」

ふと、ハイロジアは違和感に気付く。要の魔力が、初めに見た時よりも上昇しているように感じたのだ。

まるで目覚めたての子供が成長期に入り始めたような、そんな有り得ない程の増え方。

その事実に、ハイロジアは要をじっと見つめる。

「え？　あ、あの……？」

もしかして、と。ハイロジアは素敵な雑貨を見つけたような目で要を見つめる。

「ねえ、えーと……確かお名前は」

「カ、カナメ……です、けど」

「そう、カナメ。素敵なお名前ね？」

急に態度の変わったハイロジアに要はちょっと恐怖を感じて一歩下がるが、そうするとハイロジアが一歩詰めてくる。

一体何が、何が起こったのか。どういう心境の変化なのか。

出会ってから初めて見る艶っぽい笑顔を浮かべるハイロジアに、要は色気よりも恐怖しか感じない。

「ねえ、カナメ。貴方……実は最近、魔力が目覚め始めたばかりなんじゃないの？」

「え？　ええっと……」

思わず目が泳ぐ要を見て、ハイロジアは確信に至る。

まさかとは思ったが、本当に要くらいの年で魔力に目覚め始めたなんていう人間が居るとは思わなかった。

しかも、最終的にはあの英雄か神かというような魔力を得る才能を秘めている。

そう、恐らくは……最上級《アーク》に届くであろう程に。

あのペンダントの事はまだよく分からないが……国宝級と言って良いものである事に関しては、ハイロジアも異論はない。

そして、あの黄金の弓のマギノギア。魂が震える程に美しく強いあの弓を産み出す才能を持つ者が、自分の伴侶であったなら。

ゾクゾクとするような感覚を味わい、ハイロジアは笑う。

「そういえばクシェル。貴方あの時宿で、何か言おうとしていたわね？」

「……はい」

「ひょっとして、カナメの魔力に関する事だったのかしら？」

「お察しの通りです。それと、彼には私とは違いますが魔眼の気配があります」

淡々と答えるクシェルにハイロジアは「へえ」と感嘆の声をあげる。

「あ、あのー……」

超怖い。要の心はそんな気持ちで満たされていたが、ハイロジアの表情はすぐに優しげなものへと変わる。

この子、押しに弱そうだ。そう気付いてしまったのだ。そして気付いたからには、自分の女としての魅力を武器として使う事をハイロジアは躊躇《ためら》いはしない。

「ねえ、カナメ？」

要の腕に自分の腕を絡め、鎧《よろい》越しではあるが豊満な胸を押し付けるようにしながらハイロジアは微笑む。

その王女らしからぬ行動にクシェルは無表情の中に苦い気持ちを押し隠す。

ハイロジアは王女としての振る舞いも、自分が女として男に与える影響や魅力も全て理解した上でやっているからこそタチが悪い。

清楚《せいそ》にも妖艶にも、自由自在に振る舞えるのがハイロジアという王女なのだ。

そして、その獣じみた勘で今の要にはああいう迫り方が効果的だと直感しているのだ。

ハイロジアに目を付けられた要の不運を哀れに思いながら、しかしクシェルは何も言わない。

言って止まるならクシェルも多少は考えるが、言ったところで止まりはしない。

それに……考えても、結局クシェルはハイロジアの意思を尊重して止めはしない。

だからこそ、要の不運はハイロジアに目を付けられた時点で確定してしまっているのだ。

「な、ななな……なんです!? あと、その……」

「まずは、助けてくれてありがとう。凄《すご》く感謝してるわ」

スルリと絡めていた腕を外し深々と頭を下げるハイロジアに、要は「あ、いえ。か、顔をあげてください」と慌てたような様子になる。

ハイロジアには散々言われはしたが、そこまで恨んでいるというわけでもない。

まあ……先程のビオノークに対する断罪で、多少気が晴れたというのもあるし、アリサが助かると分かった事で余裕が出てきたというのもある。

そんな要の心境の変化を鋭く察知し理解すると、ハイロジアは頭を上げて微笑む。

「貴方がそう言うなら。でも、ちゃんとしたお礼はまだ後で。まずは……貴方の恋人が心配だわ」

「え。ア、アリサはそんな恋人とかじゃ！」

「そうなの？」

「は、はい。恩人だし、大切な……あ、えーと。自称姉っていうか……」

「そう。ならちゃんと恩を返せたじゃない」

微笑《ほほえ》みながら、ハイロジアは心のメモに「充分付け入る隙あり」とメモする。

姉的存在とかいうのはどういう経緯があってそうなっているのか分からないが、そういうのが好みならハイロジアだって幾らでも演じられる自信はある。何しろ、ハイロジアは妹の居る「姉」なのだ。要を弟だと思えば……正確には「可愛《かわい》い弟」だと思えば、要の理想的な姉のような存在を演じられるだろう。

しかし、要はそんなハイロジアの考えには気付かず嬉《うれ》しそうな笑みを浮かべる。

「そ、そうでしょうか……」

「ええ。貴方と会うきっかけとなったアリサ、とは私も話してみたいわ」

そう言うと、ハイロジアは頭の中で考えを巡らせる。

要とアリサがどの程度の関係かはまだ判断しづらいが、上手《うま》くアリサからハイロジアにその好意をスライドさせていけば、籠絡《ろうらく》も簡単だろう。

まずはそのアリサと仲良くなるところから始めてみようか……と、そんな事をほぼ一瞬のうちに考える。

「馬車は壊れたし馬も焼けてしまったけど……歩いてもそれ程時間がかかるわけではないわ。でも、そうね。クシェル、先行して騎士団にアリサの解放を伝えてくれる？　あと、そう答えて一礼するとクシェルはビオノークを担いで凄《すさ》まじい速度で遠ざかっていき……「これで安心よ」とハイロジアは要に笑いかける。

事実、クシェルに任せれば抵抗する者の排除も含め時間はかからずに済む。

レッドドラゴンに不覚をとったとはいえ、上級《セラト》は伊達《だて》ではない。

「はい、その……ありがとうございます」

「ふふ、貴方ってば謙虚なのね。あれ程の力を持ってる人だとは思えないわ」

「それは……」

生まれ変わったレクスオール。そんな荒唐無稽な事を言うわけにもいかず、要は言葉を濁す。

「言いたくなければ、別にいいわ。無理強いするつもりもないし」

「ありがとうございます。俺もどう言ったらいいか分からなくて。それに……」

それに。こんな力を持っていると知れたら、もう充分だと判断してアリサが自分から離れて行ってしまうのではないか。

要は、そう考えると……とても怖かった。

「いいのよ」

そんな要を、正面からハイロジアは抱き寄せる。

「貴方は正しい事を、誰からも称賛される事をやったわ。それを誰も責める事はしないわ」

「……でも、俺は」

「大丈夫よ。貴方の悩みは、きっと解決する」

そんな根拠のない慰めをハイロジアはする。要は自分を支える支柱を求めている。それが要の言う「自称姉」であろうと理解したが故の行動だ。

そして要も今のハイロジアを、アリサとちょっと似ているな……と感じていた。

だからこそ要の中のハイロジアに対する警戒は解除され、アリサに見せるような素直な表情が表に出てきてしまう。

（……あら）

その要の表情を見て、ハイロジアは自分の中の……何かのスイッチのようなものが入った事に気付く。

ハイロジアには兄は居ても弟は居ない。妹はどいつもこいつも生意気で可愛《かわい》くないので、そんな感情を抱いた事などなかったのだが……ひょっとすると、これが「可愛い弟」に対する感情なのかもしれないと、そんな事を思う。

頭を撫《な》でてみたくなる衝動を抑えながら、ハイロジアは要の返答を待って。

「そう、でしょうか」

そんな要の自信なさそうな返答に、ついに抑えきれなく……いや、意地で「姉的存在」の仮面を被《かぶ》り通す。

「そうよ。だから、そんな心配そうな顔しないで元気な顔をアリサに見せてあげましょう？」

そう言って、ハイロジアは要を更に少しだけ強く抱きしめ、その背中をポンポンと優しく叩《たた》く。

此処《ここ》からレシェドの街までの道程で、要からの好感度を可能な限り上げる。

（アリサとかいう庶民の子には悪いけど、カナメは私が貰《もら》ってあげるわ）

だって、こんなに強くて。こんなにも可愛いんだもの。

そんな事を、笑顔の裏で考えながら。

エピローグ

「ありがとう、カナメ」

騎士団の敷地で再会したアリサは、そう言って要《かなめ》を抱きしめる。

「私を助ける為《ため》に色々無茶《むちゃ》したって話、チャールズとかいう情報屋からも聞いてる。あと、そこのメイドナイトからもね」

一歩下がって立っているクシェルが軽く頭を下げて、ハイロジアの下へと戻っていく。

「まさか、カナメがドラゴンを倒しちゃうなんてね」

その言葉に、要はビクリと震える。

なら、もう私と一緒に居る必要はないね。そう言われるのを恐れたのだ。

「ア、アリサ。俺は……」

「相当無茶したんでしょ。怪我《けが》してない？　大丈夫だった？」

「え……」

驚いたような顔の要から離れると、アリサはニッと笑う。

「お別れだと思った？」

「それは……ああ。もう自分は必要ないって言うんじゃないかって」

そんな事を言う要に、アリサは苦笑する。

「確かに実力的にカナメに私が必要かは疑問だけど。でも、姉さんはそこまで薄情じゃないよ？」

ひどいなあ、と冗談めかして言うアリサに要は思わず「ご、ごめん」と謝ってしまう。

「ん、いいよ。許してあげる。それで、カナメは？」

「俺？」

「そう。肝心のカナメはどうなの？　カナメは、私と一緒に居たい？」

そう聞かれて、要は思わず何度も頷《うなず》く。

「それは……勿論《もちろん》！」

「そう？　よかった！」

笑うアリサに、要も笑って。

そんな笑顔の裏で、アリサは思う。

弟に似ていると、そんな事を思っていた。

でもそれはひょっとすると……単なる思い込みだったのかもしれない。

ひょっとすると。そう、ひょっとすると……の話だ。

ひょっとすると、自分は要の事が男の子として好きで。

その好意の感情を弟という自分の中での大切な相手への感情に似ていると勘違いしていたのかもしれない。

そう考えて、アリサは「流石《さすが》にそこまではないかな？」とも思う。

でも、それでも。自分を助ける為にドラゴンにまで立ち向かうような男の子の事を、嫌いになるはずもない。

さようならと、手を放せるはずもない。

この好意になんという名前をつければいいのか、アリサもまだ知らない。

好きとか嫌いとか、そんな感情とは無縁の生活ばかり送ってきたから……だから、恋とか愛とか、そういうものがアリサにもよく分からない。

だから、もう少しだけアリサは要と一緒に居ようと思うのだ。

せめて、この感情に名前がついて。その意味が理解できるまで……それまでは。

そう、それまでは……やはり要の「姉さん」として、一番近くに。

「ねえ、カナメ」

「なに？　アリサ」

「実はね、一つだけ不満があるの」

「え、な、何？」

不満。自分は何かミスをしただろうか。そんな事を考える要に、アリサは悪戯《いたずら》っぽい笑みを見せる。

「だってね。私、カナメが最初に迎えに来てくれるって思ってたから。そしたら、感謝のあまりキスとかしちゃったかも？」

事実、そうなっていたらアリサは要にそうしていたかもしれない。

要が助けてくれたという事実はそれだけ大きく……しかし、事務的な態度のクシェルを間に挟んだことで、アリサの思考は多少冷静さを取り戻してしまったのだ。

それはアリサにとっては残念で……ほんの少しだけ、ホッとしてもいた。

「キ、キスって」

「あれ、カナメは姉さんからのキスは必要ないって感じ？　悲しいなあ」

「そうじゃないけど」

「じゃあ、今からしてあげよっか？」

「からかうなよ……！」

冗談だと感じて不満げな表情になってしまう要に、アリサは「あはは、ごめん」と……そう言って、本当に楽しそうな顔で笑う。

その顔を、要は綺麗《きれい》だと素直に思う。この顔を見る為に、きっと自分は戦って。

もしかすると、だからこそこの世界に来たのかもしれないと……そんな事を考えて。

「それじゃあ、無事に再会も済んだところで。三人でこれから食事でもどうかしら！」

いつの間にか鎧《よろい》を外していたハイロジアに後ろから抱きつかれて、その感触に要はそれまでの思考を遥《はる》か彼方《かなた》まですっ飛ばしてしまう。

今まで鎧で封印されていた、ハイロジアの母性の塊。

その柔らかで大きな胸を背中に叩《たた》き付けられて冷静でいられる程、要は女慣れしてはいないし、今までアリサに抱きつかれた時もこれ程までに凶暴な感触はなかった。

だからこそ、要の顔は史上最高に真っ赤に染まってしまう。

「ハ、ハイロジアさん⁉」

「あら、私もハイロジア、と呼び捨てにしてくれていいのよ。貴方《あなた》にはその権利があるわ」

「い、いや。でもハイロジアさんは」

「ハイロジア、よ」

耳元でささやかれて顔を更に真っ赤にする要を見るアリサの表情が、段々と冷めたものになっていく。

これだから男ってやつは。そんな形にならない言葉が漏れ出てきそうな表情で、アリサは要に静かに問いかける。

「……カナメ。その人は？」

「え。アリサ……何か怒ってる？」

なんかヤバい。怒らせた。未《いま》だ背中に感じるハイロジアの姉力のせいで思考が纏《まと》まらないながらも、要は冷汗を流す。

レッドドラゴンと相対した時だってこんなに怖くなかったぞ。ドラゴン……アリサドラゴンだ。そんな風な事を思わず要は考えてしまう。

「怒ってない。で、誰？」

「……王女様」

「そう、よかったねカナメ。将来は王族の一員かな？」

「あら、気が早いわアリサ。まだそういう関係じゃないもの」

「へえー……王女様ってば、カナメとそのような関係になるご予定が？」

怖い。なんかドラゴンが増えた。自分の背後からの新たな恐怖を感じ、要は固まってしまう。

それは肉食獣に狙われる草食獣の心境にも似ていただろうが……要に、そんなものが分かるはずもない。

「貴方もハイロジア、と気軽に呼んでくれていいわよアリサ。だって、私も貴方達の旅にしばらく同行させて貰《もら》うつもりだから。これ、王族命令よ」

ハイロジアに抱きつかれたままの要を挟んでアリサとハイロジアが笑顔のまま睨《にら》み合う。

「そう。へえー……呼び捨てにしていいって事は気を遣わなくていいってことかな？」

「そうね。互いに遠慮は要らないと思うのよ、私」

「そりゃいいや。そういうのって好きだなあ……」

「ええ。私も好きだわ、そういうの。分かりやすいもの」

表面上は和やかな言葉に見えない刃《やいば》が乗って、互いに突き付け合う。

そんな空気をこれ以上ないくらいに感じ取って、要はハイロジアに抱きつかれたまま悪寒にブルブルと震える。

アリサドラゴンとハイロジアドラゴンが自分を挟んでいる。そんな恐怖のイメージを浮かべながら要は「仲よくしようよ……」と呟《つぶや》くが、当然のように黙殺されてしまう。

……まあ、それは要自身がもっと成長して解決しなければならない問題ではあるだろう。

「……全く、情けないわね。でもまあ、あの調子なら荒神にはならない……かしらね？」

そんな三人の姿を騎士団の塀に座り眺めていたレヴェルが、呆《あき》れたように溜息《ためいき》をつく。

「レクスオール」を知っているレヴェルからすれば、今の要の姿は信じられないくらいに情けないものだ。けれど、まあ。レクスオールよりも要の方が、レヴェルとしては可愛《かわい》く

思えるのは確かだ。たとえるのなら「手のかかる弟」といったイメージだろうか？

　神々の中では最年少だったレヴェルからしてみれば「弟」というのはなんとも甘美な響きがある。流石にあの中に姿を見せて飛び込む気は無いが……また気が向いた時に手を貸すくらいは、いいかもしれないとも思ってしまう。

　感じるのは、あの時の気まぐれなキスの感触。

　一歩リードしている。そんな言葉がレヴェルの中に生まれて、しかしすぐに消えていく。

「でも、油断しない事ね。貴方が調子に乗って荒神になった時……その時は、私が貴方を殺す時なんだから」

　その言葉は、要には届いていない。

　だからこれは、単なるレヴェルの自分への宣言のようなものだ。

　絆《ほだ》されてなんかいない。そう確認する為の、ただの自己確認。

　そんな事を考えながらレヴェルが視線を空へと向ければ、そこには綺麗《きれい》な朝の輝き。

　そう、いつの間にか夜は明けていて。空には太陽が昇り始めている。

　それは一つの出会いから始まった物語の終わりと……新たな始まりを告げているかのようだった。

あとがき

皆様、初めまして。あるいは、またお会いできましたね……でしょうか。

天野《あまの》ハザマと申します。どうぞ宜《よろ》しくお願いいたします。


さて、何からお話したものでしょうか。

まず最初にあとがきから読まれる方もいらっしゃると伝え聞きますので、話題にとても悩みます。

けれど、そうですね。作品の事についてお話しするのが一番正しいのでしょう。

本作品はカクヨム様で開催されておりましたコンテストの一つで賞を頂いた作品が元となっておりまして、その時にご縁が繋《つな》がりました担当様と熱い激論の果てに世界観、世界設定、主人公からヒロインまで、あらゆる全てをリビルドして書き上げたものとなります。

元の作品をご存知《ぞんじ》の方は「え、まさか」と思う展開も多かったのではないでしょうか？

しかし、その分面白さも何倍にもパワーアップしている出来に仕上がったと自負しています。

ちなみに、そちらの事をご存知ではない方は「話についていけん」とお思いかもしれます。

せん。なので、そちらの話も一つ。

実は今回の作品を書き上げるにあたり、元となった作品からヒロインの一人が変更になっています。

それが王女ハイロジアであり、本作品で名前がチラリとだけ出ている彼女の妹、エリーゼが元となった世界ではヒロインでした。純真少女のエリーゼとは違い中々に濃い性格をしているハイロジアですが、その分アリサとヒロインの座を争えるスペックを秘めています。

そんなこんなで出来上がりました本作品、お楽しみいただけましたなら嬉《うれ》しいです。

それでは皆様、今回はこのくらいで。お別れは申しません。

また、お会いできる事を願っております。

天野ハザマ

最弱《さいじゃく》ランク認定《にんてい》された俺《おれ》、実《じつ》は史上最強《しじょうさいきょう》の神《かみ》の生《う》まれ変《か》わりでした
お姉《ねえ》ちゃん属性《ぞくせい》な美少女《びしょうじょ》との異世界《いせかい》勝《か》ち組冒険《ぐみぼうけん》ライフ

著　天野《あまの》ハザマ

角川スニーカー文庫　21537

2019年4月1日　初版発行

発行者　三坂泰二

発　行　株式会社KADOKAWA
〒102-8177 東京都千代田区富士見2-13-3
電話　0570-002-301（ナビダイヤル）

印刷所　旭印刷株式会社
製本所　株式会社ビルディング・ブックセンター

Printed in Japan　ISBN 978-4-04-108095-5　C0193

★ご意見、ご感想をお送りください★
〒102-8078 東京都千代田区富士見 1-8-19
株式会社KADOKAWA　角川スニーカー文庫編集部気付
「天野ハザマ」先生
「Kätzchen」先生

角川文庫発刊に際して

角川源義

第二次世界大戦の敗北は、軍事力の敗北であった以上に、私たちの若い文化力の敗退であった。私たちの文化が戦争に対して如何に無力であり、単なるあだ花に過ぎなかったかを、私たちは身を以て体験し痛感した。西洋近代文化の摂取にとって、明治以後八十年の歳月は決して短かすぎたとは言えない。にもかかわらず、近代文化の伝統を確立し、自由な批判と柔軟な良識に富む文化層として自らを形成することに私たちは失敗して来た。そしてこれは、各層への文化の普及滲透を任務とする出版人の責任でもあった。

一九四五年以来、私たちは再び振出しに戻り、第一歩から踏み出すことを余儀なくされた。これは大きな不幸ではあるが、反面、これまでの混沌・未熟・歪曲の中にあった我が国の文化に秩序と確たる基礎を齎らすためには絶好の機会でもある。角川書店は、このような祖国の文化的危機にあたり、微力をも顧みず再建の礎石たるべき抱負と決意とをもって出発したが、ここに創立以来の念願を果すべく角川文庫を発刊する。これまで刊行されたあらゆる全集叢書文庫類の長所と短所とを検討し、古今東西の不朽の典籍を、良心的編集のもとに、廉価に、そして書架にふさわしい美本として、多くのひとびとに提供しようとする。しかし私たちは徒らに百科全書的な知識のジレッタントを作ることを目的とせず、あくまで祖国の文化に秩序と再建への道を示し、この文庫を角川書店の栄ある事業として、今後永久に継続発展せしめ、学芸と教養との殿堂として大成せんことを期したい。多くの読書子の愛情ある忠言と支持とによって、この希望と抱負とを完遂せしめられんことを願う。

一九四九年五月三日

フリーライフ
異世界何でも屋奮闘記
気がつけば毛玉
イラスト かにビーム
レベルMAX ぐーたら店主が贈る、
異世界スローライフの金字塔！
異世界暮らし3年めの貴大は、何でも屋《フリーライフ》のぐーたら店主。毎日のんびりしたいのに、メイドのユミエルが次々と仕事を受けてきて。泣く泣く仕事に出かける貴大だけど、本当はレベルMAXの実力者で!?
シリーズ好評発売中！
スニーカー文庫

真の仲間じゃないと勇者のパーティーを追い出されたので、辺境でスローライフすることにしました
Banished from the brave man's group, I decided to lead a slow life in the back country.
ざっぽん
illust.やすも
お姫様との幸せいっぱいな
辺境スローライフが開幕!!
WEB発超大型話題作、遂に文庫化!
コンテンツ
盛り沢山の
特設サイトは
コチラ!
シリーズ好評発売中!
スニーカー文庫

シリーズ好評発売中!
ワンワン物語
金持ちの犬にしてとは言ったが、フェンリルにしろとは言ってねえ!
念願叶って飼い犬になれたはずが、
転生したその体は――
フェンリル!?
犬魔人
イラスト こちも
過労死したロウタの願いは、もう働かなくていい金持ちの犬への転生。その願いは、慈悲深い女神によって叶えられる。優しい飼い主のお嬢様。美味しいご飯と昼寝し放題の毎日。しかし、ある日気づいてしまう。
「大きな体、鋭い牙、厳つい顔……これ犬じゃなくて狼だ!?」快適なペットライフを守るため、ロウタは全力で犬のフリをするが、女神の行きすぎたサービスはそれどころではなかった。狼は狼でも、伝説の魔狼王フェンリルに転生していたのだ!
『小説家になろう』総合ランキング(日間 週間 月間)1位
※『小説家になろう』は株式会社ヒナプロジェクトの登録商標です。※ランキングは2017年5月時点のものです。
スニーカー文庫

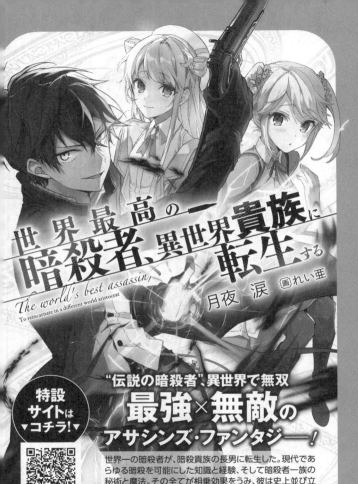

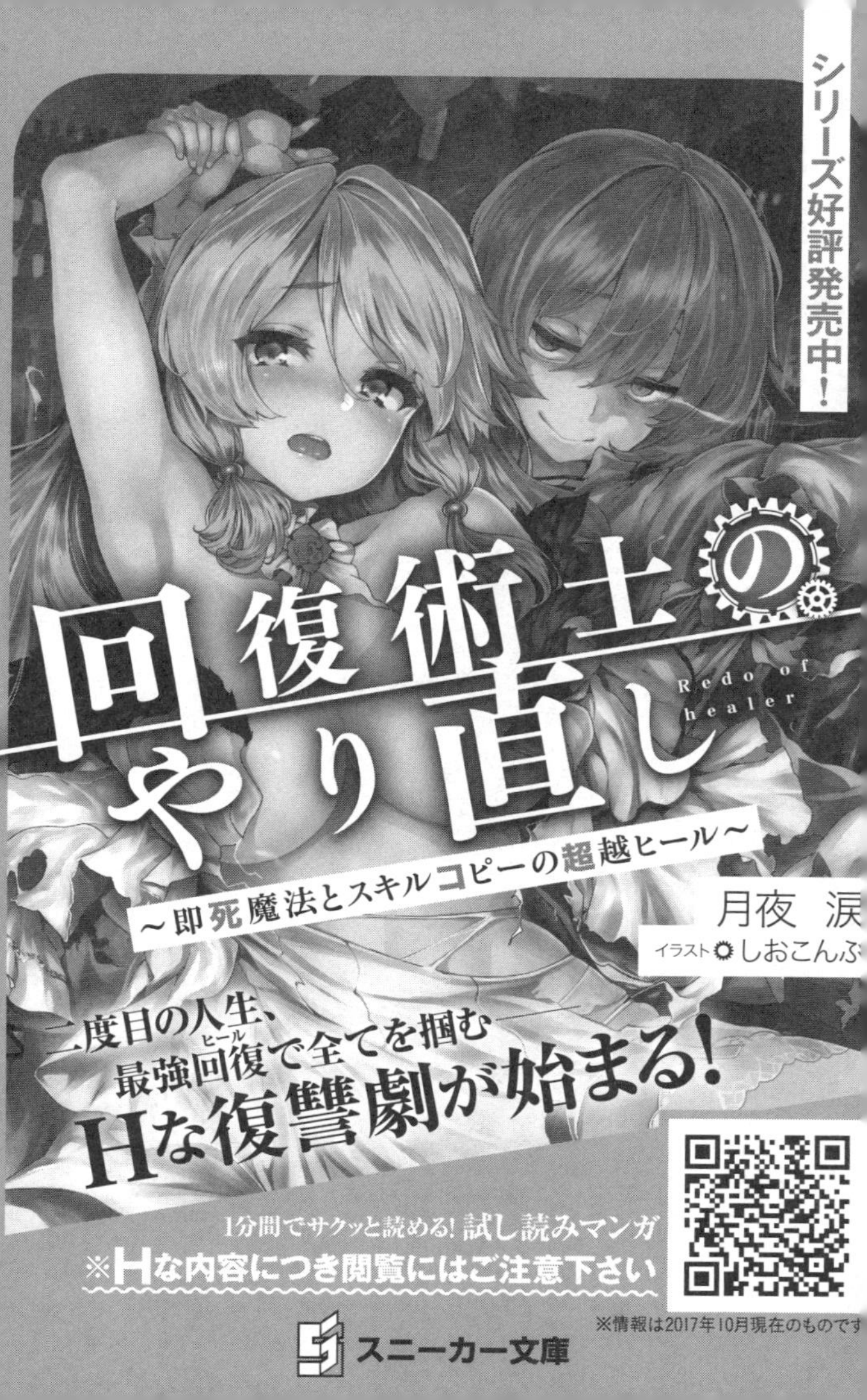
シリーズ好評発売中！
回復術士のやり直し
Redo of healer
～即死魔法とスキルコピーの超越ヒール～
月夜 涙
イラスト しおこんぶ
二度目の人生、
最強回復《ヒール》で全てを掴む
Hな復讐劇が始まる！
1分間でサクッと読める！ 試し読みマンガ
※Hな内容につき閲覧にはご注意下さい
※情報は2017年10月現在のものです
スニーカー文庫

戦闘員、派遣します！
戦闘員、派遣します！
暁なつめ
NATSUME AKATSUKI
ILLUSTRATION
カカオ・ランタン
KAKAO LANTHANUM
好評発売中！
「このすば」暁なつめが贈る、
変態ヒロインとクズ戦闘員の
世界侵略コメディ！
世界征服を目前にし、更なる侵略地への先兵として派遣された戦闘員六号の行動に『秘密結社キサラギ』の幹部達は頭を悩ませていた。侵略先の神事の言葉を『おちんち○祭』と変更するなど、数々のクズ発言。さらには自らの評価が低いと主張、賃上げを要求する始末。しかし、人類と思しき種族が今まさに魔王軍を名乗る同業者に滅ぼされると伝えられ――。「世界に悪の組織は2つもいらねぇんだよ！」現代兵器を駆使し、新世界進撃がはじまる!!
スニーカー文庫

スニーカー大賞
作品募集中!!!
イラスト/BUNBUN
募はWEB&カクヨムにて!
締切4月1日
大賞
200万円
優秀賞 50万円
特別賞 20万円
細はザ・スニWEBへ
https://sneakerbunko.jp/award/